Samuel Beckett

사무엘 베케트 극 연극

Samuel Beckett

사무엘 베케트 극연극

김 혜 란 지음 ·

베케트 극은 내용이 곧 형식이고, 형식이 곧 내용이다.

베케트 극은 합리적으로 진행되는 대사를 위주로 하던 전통극과는 달리 무의미한 것 같이 보이는 대사와 침묵으로 구성되어 있으며, 언어 대신 연극적인 장치나 상징이 새로운 표현도구가 된다. 베케트의 작품에서 연극과 언어의 이와 같은 경향은 미묘한 곡선을 그리면서 발전한다.

한국학술정보(주)

머리말

　사무엘 베케트의 「고도를 기다리며」는 1953년 파리의 <바빌론 극장>에서 초연되었다. 그 후 그의 연극은 수십 개의 국어로 번역되어 현재에 이르기까지 수많은 나라에서 빠지지 않고 공연하는 고정 레퍼토리로 자리 잡았다. 그리고 지금도 도처에서 많은 연구자와 평론가들에 의해 새로운 해석과 갖가지 주석이 붙으며 끊임없이 연구가 진행되고 있다. 작년은 그의 탄생 100주년이 되던 해이라 그에 관련된 행사가 그 어느 때보다도 활발하여 다시 한 번 그의 영향력을 실감하였다.

　베케트는 우리 시대의 해체적 세계관의 가장 잘 부합하는 작가이다. 그는 다른 부조리 작가들처럼 인간이 속해 있는 세상은 이해 불가능한 혼돈 그 자체라고 생각하고, 그 곳에서의 인간 위치나 존재 탐구에 주력했다. 그는 이런 주제를 담아내는 형식이 곧 연극의 내용이라고 생각했기 때문에, 그의 연극은 이해할 수 없는 존재 상황만큼이나 난해하다. 처음 베케트 극을 접한 것은 산울림 소극장에서 공연한 「고도를 기다리며」였는데, 필자 뿐 아니라 공연을 관람하던 대부분의 사람들이 어리둥절해 하던 생각이 난다. 그러나 한편으론 생경하고 난해하면서도 무언지 모를 상당한 충격을 받았다. 왜냐하면 극 중간 중간에 이해할 수 없는 부분도 많았지만, 전체적인 느낌은 "지금 여기" 존재하고 있는 우리의 삶, 그 자체라는 느낌은 분명했기 때문이다. 그 동안 익숙해 있던 기존의 5형식 극 구성법이나 언어의 묘사적 기능 등의 친절한 고전 방식과는 달리, 배경도 언어도 연극에 대한 제반 요소가 다 거둬진 채, 오로지 존재상황이라는 본질 하나만 덩그러니 놓여있는 그의 연극은 막연한 도전과 호기심을 불러일으키기 충분했다. 그러나 좀 더 작품을 이해해 보려는 애정과 열의만으로 시도한 본 연구서는 부끄러울 정도로 많이 부족하다. 그럼에도, 보잘 것없는 이 글도 예전의 필자처럼, 그의 연극에 매료되어 연구하고 싶은 분들에게 작은 도움이 될지도 모른다는 생각에 용기를 냈다.

한 권의 책으로 나오기까지 여러 도움을 주신 한국학술정보㈜ 권현옥 선생님과 바쁜 와중에도 내색 않고 컴퓨터 작업을 도와준 유지형에게 고마움을 전한다.

2007년 5월

김혜란

목 차

Samuel Beckett

존재 상황과 언어의 한계

사무엘 베케트(Samuel Beckett; 1906∼1989)가 작가활동을 하던 시기는 사회적으로 문명의 위기가 팽배해 있었고, 개인적으로는 인간 조건에 대한 비극적 인식을 할 수밖에 없는 상황이었다. 베케트의 비관적인 작품세계는 이러한 시대적 분위기를 반영한다.

베케트는 인간존재의 부조리적 본질의 문제를 여러 장르들을 통하여 극화했다. 그러나 부조리한 세계를 묘사하는 수단으로서의 언어에 대한 인식의 문제가 현대 작가들을 비롯한 베케트의 딜레마였다.

연극을 쓰기 전에 소설을 썼던 베케트는 소설의 창작과정에서 언어의 한계를 절감한다. 베케트는 연극으로 전환하면서 언어만으로는 가능하지 않은 부조리적 현실묘사의 문제를 인물, 무대장면, 음향효과, 또는 조명과 같은 시청각매체를 활용해서 표현할 수 있었다. 베케트는 자신의 작품을 철학적인 관점에서 해석하는 대신에 직관적으로 받아들이기를 강조했다.[1) 언어에 의한 이성적인 추론보다는 직관적인

감흥을 강조하는 베케트에게 연극무대는 그의 언어에 대한 강박관념
을 해소해 주는 출구였다.

본 논문은 부조리극의 대표적인 작가로서의 베케트의 작품경향을
그의 언어관을 중심으로 하여 살펴보고자 한다. 현대 작가들을 비롯
하여 베케트가 절감하고 있던 언어의 의사소통기능 상실과 이와 맞물
려 있는 부조리적 존재의 문제와 소외의식 등이 작품 속에서 어떻게
표현, 전개되는지를 살펴보는 것이 본 논문의 목적이다. 베케트의 언
어는 인간의 부조리한 존재 상황에 대한 비관적이면서 직관적인 통찰
의 산물이다. 그의 파격적인 언어는 작품의 내용과 형식에 대해서 전
통적인 구분을 허용하지 않는다.

베케트 극은 내용이 곧 형식이고, 형식이 곧 내용이다. 베케트 극은
합리적으로 진행되는 대사를 위주로 하던 전통극과는 달리 무의미한
것같이 보이는 대사와 침묵으로 구성되어 있으며, 언어 대신 연극적
인 장치나 상징이 새로운 표현도구가 된다. 베케트의 작품에서 연극

---

1) 베케트의 이러한 연극관은 자신의 연극과 어떤 철학과의 연관성을 극구 부인
   하는 데서도 암시된다. 그는 한 인터뷰에서 다음과 같이 자신의 입장을 밝히
   고 있다. Gabriel D'Aubarède, "An Interview with Beckett" in *Samuel Beckett*:
   The Critical Heritage, eds., Lawrence Graver & Raymond Federman: (London:
   Routledge & Kegan Paul, 1979), p.217.
   Gabriel: Have contemporary philosophers had any influence on your thought?
   Beckett: I never read philosophers.
   Gabriel: Why not?
   Beckett: I never understand anything they write.
   반면에 데이비드 헤슬라(David H. Hesla), 유진 웹(Eugene Webb) 등의 평론가
   들은 베케트가 철학자들의 영향으로 인해 포괄적인 사고와 능력을 보이고 있
   음을 지적한다.
   His [Beckett's] works contain allusions to philosophical thinkers ranging from
   the pre-Socratics to Heidegger, Sartre, and Wittgenstein. This thorough fami-
   liarity with the intellectual roots of the modern mind is one of the principal
   sources of Beckett's great comprehensiveness and power.
   Eugene Webb, *The Plays of Samuel Beckett* (New York: University of Washi-
   ngton press, 1972), p.15.

과 언어 사이의 이와 같은 경향은 미묘한 곡선을 그리면서 발전한다.

직선적이고 일원론적(linear and monistic)[2]인 것으로 비판받게 된 전통적인 언어는 인간의 비전통적인 사고를 표현하는 데 한계가 있었다. 예를 들어, 보들레르(Baudelaire), 랭보(Rimbaud), 말라르메(Mallarmé), 로트레아몽(Lautéamont) 등의 불란서 상징주의 작가들은 다윈(Darwin)과 꽁트(Comte) 등에 의해 형성된 실증주의가 인간의 가치체계를 단순화시킨다는 불만을 갖고, 새로운 시운동으로 인간의 반형이상학적인 본질을 되찾고자 시도했다. 대개 19세기까지 명징(clarity)과 논리(logicality), 선명성(lucidity)을 특징으로 하는 언어는 이들의 새로운 심리적 의식을 표현하는 데 적당하지 않았고, 언어한계에 봉착한 작가들은 반문학운동(Anti-literatary Movement)을 전개한다. 이들은 전통적인 뜻에서의 문학이 불가능해졌다는(Literature is impossible, we must get out of it. No use trying to get out through more literature.)[3] 인식에 이른 것이다. 이들의 문학에 대한 회의적인 인식은 "문학의 절망"(despair of literature)[4]이라는 한 마디로 압축된다.

이와 같은 문학과 언어의 한계상황에 대해서 리챠드 쉐퍼드(Richard Sheppard)는 다음과 같이 말하고 있다.

현대 작가들이 갖고 있는 언어의 위기는 언어가 생명력 있고 가능성 있는 것으로 여겨졌던 범주 내에서 작가(창조적인 개인)나 혹은 문학 형식의 보잘 것 없음 때문이 아니라, 전체 언어의 무력함에서 기인되었다.

---

2) George Steiner, *Language and Silence* (New York: Penguin Books, 1979), p.48.
3) Nathan A. Scott, *Samuel Beckett* (London: Bowes and Bowes Publishers Ltd., 1965), p.14에서 재인용.
4) 불란서의 상징주의 작가들은 설명을 제거한 미묘한 언어의 사용과 연상과 유추, 그리고 지나친 상징으로 오랜 세월 동안 불란서 문단의 전통이던 선명함(lucidity)과 논리성(logicality)을 깨지 못하고 한계에 봉착한다.

The Modernist crisis of language is thus located not in the impotence of the creative individual or a literary style within a language which is assumed to be living and potentiated, but in the 'de-potentiation' of an entire language as such.[5]

쉐퍼드는 언어의 위기 상황은 작가의 자질부족이나 문학양식 때문이 아니고 언어 자체의 쇠약함(de-potentiation) 때문이라고 보았다. 그리고 나단 스코트(Nathan A. Scott)는 언어의 한계에 봉착하여 반문학운동을 일으키게 된 상징주의 작가들의 후기에 베케트를 위치시켰다.

나는 이 아일랜드의 우화작가(베케트)를 현대 불란서 전통의 단계 끝에 위치시켰다. 이 전통에서 문학에 대한 최고의 기대를 촉발시켰던 초기의 신비는 언어 자체의 과잉이라는 압력아래 "말장난"이라는 극심한 혐오감과 "허위" 이기 때문에 "우리가 벗어나야만 하는 것"이 되었다.

Now I have located this Irish fabulist [Beckett] at a late point in that stage of modern French tradition in which an earlier mystique that had prompted the highest expectations for literature gives way, under the very pressure of its own excess, to a deep aversion to "the literary game", to the suspicion that it is a "forgery" and something "we must get out of."[6]

앙티로망(Anti-Roman) 기수들의 언어에 대한 위기의식은 1950년대에 접어들면서 베케트를 주축으로 하여 이오네스코(Eugene Ionesco), 쟝 주네(Jean Genét), 아다모프(Arthur Adamov), 핀터(Harold Pinter)

---

5) Richard Sheppard, *The Crisis of Language*, Malcolm Bradbury & James McFarlane, ed., *Modernism: 189~1930* (New York: Penguin Books, 1983), p.329.
6) Nathan A. Scott (1965), p.80.

등이 참여한 부조리극(The Theatre of the Absurd)의 전조가 된다. 작가들에게 문학적 송신의 수단인 언어가 원래의 기능을 상실하자 이를 반영하는 새로운 양식으로서 부조리극이 태동한다.

베케트는 조지 뒤튀(George Duthuit)와의 인터뷰에서 표현의 모든 조건이 없어져 버렸으면서도 표현하지 않을 수 없는 역설적인 상황에 대해 다음과 같이 말했다.

> 베케트: …혐오감에서 언어로부터 벗어나려는 문학, 언어의 미약한 능력에도 싫증이 났고 할 수 있는 척 하는 것도, 할 수 있는 것도 지쳤고, 똑같이 구태의연한 것을 조금 더 잘해 보려는 것에도, 따분한 길을 따라 좀 더 나아가려고 하는 데에도 지쳤다.
>
> 뒤 튀: 그렇다면 무엇을 선호하는가?
>
> 베케트: 표현할 것이 없는 표현, 그것으로 표현할 것도 없고, 그것으로부터 표현 할 것도 없고, 표현할 능력도, 욕구도 없는데 그런데도 표현할 의무는 갖고 있다.

> Beckett: ……an art turning from it in disgust, weary of its puny exploits, weary of pretending to be able, of being able, of doing a little better the same old thing, of going a little further along a dreary road.
>
> Duthuit: And preferring what?
>
> Beckett: The expression that there is nothing to express, nothing with which to express, nothing from which to express, no power to express, no desire to express, together with the obligation to express.[7]

---

7) Samuel Beckett & George Duthuit, "Three Dialogues" in Martin Esslin ed., *Samuel Beckett: A Collection of Critical Essays* (Englewood Cliffs: Prentice-Hall, 1980), p.17.

베케트의 말에는 표현해야 할 매체도, 대상도 또 표현해야 할 욕구나 능력도 없는 상태에서, 그래도 표현할 의무는 남아 있는 작가로서의 고뇌가 드러나 있다. 언어의 재현능력을 불신하면서도 그 재현능력을 상실한 언어로 인간의 삶을 표현해야 한다는 것이 베케트가 부딪힌 역설적 상황이다. 베케트는 무엇을, 어떻게, 왜 표현해야 하는지의 기본 명제조차도 정립하는 것이 불가능하다고 생각했다. 그러면서도 베케트는 재현 불가능한 것을 재현해 보려고 한다. 베케트는 재현이 불가능한 상황에서 재현의 개념을 다시 세웠다고도 볼 수 있다.

언어는 인간에게 존재의 증표이고, 인간과 외부세계를 연결해 주는 통로이다. 다만 베케트 극에서 언어는 의미전달의 수단보다는 무의미한 것처럼 보이는 언술의 반복적인 진행자체가 존재의 (불)가능성을 제시하는 것으로 파악된다.

> 존재론적인 언어의 목적은 개인에 대한 이야기를 하는 것이 아니라, 존재 자체를 드러내는 것이다. 왜냐하면 언어라는 것은 존재와 일치한다라는 것보다는 오히려 그 자체로 존재를 드러내는 것 즉, 분리되어있는 다수의 사물들처럼 언어는 불가피하게 우리를 존재와 분리시키고 있기 때문이다.

> The goal of ontological speech is not discourse about beings, but the revelation of Being, since speech is itself an emanation of rather than……identical with Being-i.e. since speech, as disjunctive multiplicity of things-speech necessarily separates us from Being.[8]

베케트 작품에 나타나는 인물들은 합리적인 의사전달의 수단이어야 하는 언어를 잃어버린 채 알 수 없는 혼란에 빠져 있는 것처럼 보인다.

---

8) Lance J. Butler, *Samuel Beckett and the Meaning of Being* (London: Macmillan, 1984), p.62.

이들에게는 자신들이 빠져 있는 혼돈의 굴레를 벗어나 그 바깥의 세계와 통신할 가능성이 없다. 그러면서도 이들은 끊임없이 말한다. 베케트의 인물들에게 무의미하게 반복되는 언술은 부조리적 존재 상황에 대한 인식을 지연시키면서 판단을 유보하는 데 그 의미가 있다. 모리스 블랑쇼(Maurice Blanchot)도 베케트 극의 인물들에게 있어서 말은 존재를 침묵의 공포에서 구출해 주는 중요한 방어도구9)라고 보았다. 그러나 인식을 지연시키고 인과적 시간의 질서를 위반하는 언어행위는 의사소통을 전제로 하는 언어의 기본 목적에서 이탈한다. 언어 자체의 쇠약함(de- potentiation)으로 인해 언술은 허공으로 무의미하게 반사되고, 극중 인물의 소외의식만 증폭시킨다. 결국 인식의 지연에 따른 고통으로 인해 베케트 극의 인물들은 혼자 말하고 혼자 듣는 가운데 절대적인 혼자만의 세계(apotheosis of solitude)10)를 스스로에게 투사한다.

의사소통으로서의 언어행위는 듣는 자의 존재를 전제할 때 가능하다. 그러나 듣는 상대자로서의 타자의 결핍 때문에 베케트의 인물들은 결국 자신을 의식에서 따로 분리시켜 대화의 상대로 삼게 된다. 베케트의 인물들은 "나"를 타자화하는 것이다. 베케트 작품 가운데 중기 이후의 작품들은 거의 대부분이 이런 형식으로 이루어져 있다. 자기를 대화 상대로 삼는 자기분열적 언어행위는 반복적이고 지속적인 침묵으로까지 이어진다. 베케트의 극에서 침묵은 단순한 의미에서의 침묵이 아니라 또 다른 언어행위인 것이다.

스타이너(George Steiner)는 전통적인 언어인식에 따라 작품활동을 하던 작가들이 표현의 한계를 빛, 음악, 침묵의 세 가지 형태에 의해 극복했음을 지적하면서,11) 이 세 가지 형태 가운데 침묵이 현대

---

9) Maurice Blanchot, "Where Now? Who Now?" in S.E Gontarski ed., *On Beckett*: *Essays and Criticism* (Grove Press, 1986), p.143.
10) Ronald Hayman, *Theatre and Anti-Theatre*: *New Movement Since Beckett* (New York: Oxford University Press, 1979), p.38.
11) George Steiner(1979), p.68.

정신을 구현하는 가장 특징적인 요인임을 밝힌다.

비트겐슈타인의 인식론에서나, 베베른이나 케이지의 미학에서, 그리고 베케트의 시학에서 침묵의 재평가는 현대 정신을 가장 독창적이고도 특징적으로 나타내는 방법들 가운데 하나이다.

This revaluation of silence⋯⋯in the epistemology of Wittgenstein, in the aesthetics of Webern and Cage, in the poetics of Beckett⋯⋯ is one of the most original, characteristic acts of the modern spirit.[12]

비트겐슈타인(Wittgenstein)과 베베른(Webern), 그리고 존 케이지 (John Cage), 베케트와 같은 20세기 철학자나 예술가들은 침묵을 새로운 언어의 양식으로 설정한다. 레슬리 케인(Leslie Kane)은 이러한 경향을 좀 더 구체적으로 설명하면서, 베케트 극에 나타난 언어의 해체와 침묵은 세계와 인간의 불완전성과 분리를 드러내는 것이라고 보고 있다.

본질적으로 베케트 극에서 해체된 언어는 침묵과 더불어 세계와 개인 모두가 근원적으로 불완전하고 분리되어 있다는 것을 드러내는 것이다.

Essentially in Beckettian drama, fragmented speech in concert with silences exposes fundamental incompleteness and disjunction both in the world and in the individual.[13]

이합 핫산(Ihab Hassan)도 베케트가 2차대전 후의 작가들이 나타낸 반문학운동, 즉 언어의 불신과 침묵을 지향하는 경향을 언급하면서 "베

---

12) George Steiner, p.70.
13) Leslie Kane, *The Language of Silence: On the Unspoken and the Unspeakable in Modern Drama* (London: Associated University Press, 1984), p.110.

케트는 침묵으로 압축되는 문학의 은밀한 경향을 드러낸다."14)고 말한다. 핫산은 『오르페우스의 분열』(*The Dismemberment of Orpheus*)에서 현대 예술의 이러한 경향을 더욱 구체적으로 설명하고 있다. 그는 언어의 잠식, 즉 침묵화 현상의 구체적인 비유를 위해 희랍의 오르페우스(Orpheus) 신화를 예로 든다. 그에 의하면 언어의 한계상황에 직면해 있는 현대 예술가들은 "줄이 없는 수금(a lyre without strings)"15)을 들고 있는 오르페우스와 다름없으며, 줄이 없는 수금, 즉 침묵으로 재현 행위를 할 수밖에 없다는 점을 밝히고 있다. 이와 더불어 핫산은 베케트가 침묵을 사용하여 일관된 작품의 주제인 무(nothingness)의 개념을 그의 작품 속에 형상화하고 있다고 보았다. 언어가 비유적인 뜻에서 음악을 연주할 수 없는 수금, 즉 인간의 존재 상황을 표현해 낼 수 없는 무기력한 도구여서, 베케트 자신이 소망하는 문학은 '비언어의 문학(literature of the unword)'16)일 수밖에 없다는 것이 베케트를 비롯한 20세기 현대 예술가들의 한계상황이었다.

이러한 상황에도 불구하고 베케트는 표현 불가능한 세계를 새로운 형식 속에 담아내려고 한다. 합리적 세계의 재현을 목표로 하는 전통극의 방식으로는 혼돈으로 가득 찬 세계를 묘사하기가 불가능했기 때문에, 베케트에게는 새로운 극 형식이 필요했던 것이다. 곤타르스키(S.E. Gontarski)는 혼돈된 세상을 작품화하는 것은 질서를 전제로 하는 것이라는 모순된 명제제시로 베케트 극을 해석했다.

---

14) Ihab Hassan, *The Literature of Silence*: *Henry Miller and Samuel Beckett* (New York: Alfred A. Knopf Inc., 1967), p.30.

15) Ihab Hassan, *The Dismemberment of Orpheus* (Madison: The University of Wisconsin Press, 1982), p.4.

16) Beckett's German letter to Axel Kaun, July 9, 1937, trans. Martin Esslin reprinted in *Disjecta,* p.172.

혼돈에 찬 삶을 예술로 구현하려는 이러한 모순을 해결해 나가는 점이
나 조화를 이뤄가는 점이 베케트를 창조적인 작가로 만드는 것이다. 이
둘의 특징을 유지해 나가면서 혼돈에 찬 우주를 예술로 다루려는 시도가
본질적으로는 모순이지만 중요한 독창적 긴장감을 유지시킨다. 현실의 근
본 원리는 혼돈과 변화이지만, 예술의 본질은 형태와 질서이다.

The resolution or reconciliation of this paradox of opening art to
the chaos of life is one that dominates Beckett's creative life. The
attempt to treat a chaotic universe in art, while maintaining the
integrity of both, remains the central creative tension, the elemental
paradox. The fundamental principles of reality are chaos and flux,
whereas the essence of art is form and order.17)

베케트에게 세계는 혼란스럽고 부조리하다. 그런데 예술이란 형식과
질서의 기반 위에서 이루어져야 하기 때문에, 혼란스런 세계를 인과
율이나 개연성에 맞추어 재현한다는 것은 그 자체가 모순이다. 베케
트는 이러한 모순을 해결하는 방법으로 기승전결의 플롯을 배제하고,
인물들의 대사도 고통과 혼란, 그리고 모순 자체를 상징하듯이 파편
화시킨다. 등장인물들은 무대 위에서 움직이지 않거나,18) 불구인 상
태로19) 등장하고, 후기극에 이르면 존재의 부조리의 심화와 언어기

---

17) S. E Gontarski, *The Intent of Undoing in Samuel Beckett's Dramatic Texts* (Bloo-
    mington: Indiana University Press, 1985), p.12.
18) 『행복한 나날들』(*Happy Days*)과 『연극』(*Play*)이 등장인물의 고착상태에 대한 대
    표적인 예이다. 『행복한 나날들』에 등장하는 주인공은 흙더미에 묻혀서 1막에
    서는 머리, 2막에서는 눈동자만 움직일 수 있고, 『연극』에서는 3명의 주인공들
    이 항아리(무덤 상징)에 들어간 상태에서 항아리 밖에 나와 있는 머리마저 항
    아리와 같은 재료로 분장하여 등장한다.
19) 베케트 극에서 신체적인 불구는 인간의 수동적 상황을 드러내는 연극적 기법
    이다. 『고도』에서는 1막에서 2막으로 진행되는 사이에 포조(Pozzo)는 장님으로
    그리고, 럭키(Lucky)는 벙어리가 되고, 『엔드게임』(*Endgame*)에 등장하는 함
    (Hamm)은 중풍으로 수족이 마비된데다 장님이다. 『쓰러지는 모든 사람들』(*All
    That falls*)에 나오는 루우니씨(Mr. Rooney)도 장님이다. 이러한 예는 『연극을

능의 마비를 상징하듯이, 입과 같은 신체의 어느 한 부분이 절단, 확대되어 무대에 올려진다. 그러므로 베케트 극은 전통극과 비교할 때 등장인물의 신체와 행동, 언어가 파격적이고, 통념적인 무대장치가 제거된 상태로 무대에 올려지기 때문에 부재의 상징적 성격(an emblem of absence)20)이 큰 특징이 된다.

베케트는 존재의 부조리적 본질의 추구라는 일관된 경향 아래 창작에 임하기는 했지만, 언어의 표현방식에 따라 각 작품은 서로 차이를 보인다. 다시 말해서, 초기의 『고도를 기다리며』(*Waiting for Godot*)에서 베케트는 비교적 전통적 연극의 범주 안에서 의사소통의 불가능 문제를 다루지만 중기에 가면 상호 간의 의사전달의 한계를 전제로 한 독백을 위주로 하는 작품을 쓰게 되고, 후기에서는 역설적으로 침묵이 작품의 주된 언어양식이 된다. 이러한 변화를 두고 볼 때, 베케트 극에서는 언어가 언어본래의 기능인 의미전달이 아니고 무의미한 언어행위 자체가 중요한 언어의 속성으로 작용하고 있음을 알게 된다.

이와 같이 파격적인 언어도 결국 무대에서 완전히 제거되어, 『숨소리』(*Breath*)에서는 등장인물은 보이지 않고 한마디 대사도 없이 정적에 싸인 어둠 속에서 숨소리만이 들려온다. 그 작품에서 들려오는 숨소리는 녹음된 음향효과를 이용하고 있다는 점을 주목해 본다면, 베케트는 후기극에 이르러 언어가 표현하지 못하는 존재의 부조리성을 청각매체의 활용으로 해결하게 됨을 알게 된다.

본 논문은 베케트 극을 시기적으로 구분한 다음, 극의 내용과 형식이 긴밀하게 맞물려 있는 가운데 부조리적 존재와 언어가 어떤 발전 경로를 그리는지 살펴보고자 한다. 베케트의 언어적 실험이 두드러지

위한 초고』(*Rough for Theatre I*)에서도 찾아볼 수 있는데, 바이얼린을 켜는 장님 악사와 휠체어를 탄 중풍환자가 극의 주인공으로 등장한다.

20) Paul Lawley, "Countpoint, Absence, and the Medium in Beckett's Not I," *On Beckett: Essay and Criticism*, ed. S. E. Gontarski (1986), p.331.

는 작품은 다음과 같다.

우선 첫 번째 작품은 『고도를 기다리며』(*Waiting for Godot*, 1953)이다. 『고도』는 베케트의 최초의 극작품이고, 그러므로 그가 연극 이전의 소설창작에서의 어려움이 극작품에서는 어떤 형태로 달리 표현되는지를 살펴볼 수 있다. 또, 이 극을 기점으로 하여 부조리극이 태동하였기 때문에, 작품과의 연관 속에서 부조리극에 대해서도 언급한다. 『고도』에서 언어에 대한 베케트의 생각은 의사소통의 불가능 문제로 집약된다. 이러한 상황을 제시하기 위해 베케트는 등장인물을 둘씩 짝으로 등장시키는데, 이들의 언어행위는 자기와 상대의 존재를 의식하지 않으려는 듯 희극적인 분위기 속에서 무의미한 말장난의 반복적인 연속으로 점철된다.

두 번째 작품은 『행복한 나날들』(*Happy Days*, 1961)이다. 이 작품에서 베케트는 상호 간의 의사소통이 불가능하다는 전제 아래 독백을 주된 언어양식으로 채택한 것처럼 보인다. 이 작품에서도 『고도』처럼 인물들이 짝으로 등장하지만, 남편 윌리(Willie)는 대화의 상대자 역할을 상실당하고 위니(Winnie) 혼자 개인적 특성이 제거된 습관적인 언어행위를 한다. 이 극은 주인공이 흙더미(mound)에 묻힌 형상으로 제시되어 1막에서는 허리 부분까지 올라와 있던 흙더미가 2막이 되면 입 쪽 가까이까지 위협하듯이 올라와 있어서 관객은 이러한 불완전한 언어행위마저 곧 중단되리라는 비관적인 예측을 하게 된다.

독백과 다름없는 언어행위는 세 번째 작품 『나는 아니야』(*Not I*, 1973)에 가면 좀 더 심화된 상태로 제시된다. 대화의 상대에 대한 필요에 의해 자신의 자아를 분리, 타자화하여 대화할 수밖에 없는 현대인간의 극한 상황은 단지 무대 위에 입만을 걸어놓은 상태로 전개된다. 이 극은 부조리한 상황에서 탄생한 한 여인이 침묵하듯이 살아오다, 말을 해야 하는 존재의 당위성으로 인해 강박관념으로 억제되어 있던 말이 쏟아지는 고통을 겪는 이야기이다.

마지막 작품은 『발자국 소리』(*Footfalls*, 1976)이다. 이 작품은 대표적인 후기 작품이고, 베케트의 언어에 대한 전 과정이 혼재하는 양식으로 포함되어 있다. 이 극은 4장으로 나뉜다. 1장에서 여주인공은 자신을 또 다른 대화의 상대로 분리시켜서 어머니라고 설정해 놓고 대화를 시도하지만 서로 생각이 어긋나서 대화는 실패한다. 2장과 3장에는 각각 여주인공과 어머니의 독백이 이어지고, 이와 같은 독백의 언어행위는 존재의 인식으로 인하여 곧 죽음과 다름없는 상태를 예견하게 한다. 결국, 마지막 4장에는 주인공의 흔적은 사라지고 희미한 조명 속에 텅 빈 무채색의 무대만이 관객 앞에 제시된다. 따라서 베케트는 관객으로 하여금 무채색의 삶에 나름대로의 시적, 상징적 의미들을 채색하도록 몫을 남겨두어 관객의 참여를 유도하는 효과를 보인다.

어둠과 침묵을 지향하는 베케트의 후기극은 언어만으로는 이해될 수 없는 부분을 종합예술인 연극무대를 활용하여 효과적으로 극복하고 있다. 다시 말해서 베케트는 후기극에서 시청각 요소로 언어 자체의 한계를 극복함과 동시에 존재인식의 자기반영성을 드러낸다. 베케트의 작품을 통해서 부조리한 존재인식하에서, 그리고 작가라는 직업이 주는 언어에 대한 중압감이 예술재현 시에 어떠한 양상을 거쳐서 심화, 표출되어 왔는지를 이해하게 될 것이다.

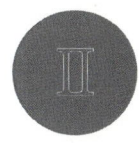

인간존재의 부조리: 유희적 언어

『고도를 기다리며』(*Waiting for Godot*)는 베케트가 소설가에서 극작가로 전환한 후 발표한 최초의 극작품이다. 베케트는 소설을 쓰는 중압감으로부터 벗어나 잠시 기분전환을 하기 위해서 극작을 시작하게 되었다고 밝히고 있지만,[1] 베케트가 말한 것처럼 『고도』는 단순한 소일거리용의 가벼운 내용은 아니고 소설에서 그가 일관되게 탐색했던 인간존재의 부조리를 연극 형식을 통해 다시 표현해 보려고 한 작품이다.

베케트는 『고도를 기다리며』를 쓰기 바로 전에 소설 3부작(*Molly, Malone Dies, The Unnamable*)을 완성했다. 그는 소설에서 존재의 모순, 인간의 불구화 현상, 내부로의 칩거와 독백 양상 등을 다루었다. 연극을 쓰기 시작하면서 베케트는 주제를 표출해 내는 도구가 언

---

1) Ruby Cohn, "Inexhaustible Beckett: An Introduction" in *Samuel Beckett: A Collection of Criticism*, ed., Ruby Cohn (New York: McGrow-Hill Book Co., 1975), p.10.

어 위주였던 것에서 종합예술인 연극으로 옮겨간 것으로 볼 수도 있다. 베케트의 극 세계를 이해하기 위해서 이 극에 대한 연구는 필수적이다. 우리는 베케트가 소설을 쓰면서 느꼈던 작가로서의 문제의식이 극작품에서는 어떤 방식으로 변모하여 표출되는가를 볼 수 있다. 필자는 우선, 이 극을 중심으로 해서 반연극(Anti-Theatre)이라고 불리는 부조리극의 특징을 살펴보고, 부조리극 형식과의 연관선상에서 언어의 문제에 접근하려고 한다.

이 극은 1953년 파리의 소극장인 바빌론 극장에서 로저 블랭(Roger Blin)에 의해 초연되었다. 이 극의 초연에 대한 관객들의 반응은 복합적이었다. 관객들은 기존의 전통극에 익숙했기 때문에, 이 극도 인물의 성격이나 행동, 또는 인물이 처한 상황과의 상호관계 속에서 상승, 절정, 하강의 곡선을 그릴 것이라는 기대를 했지만, 『고도』의 상연은 관객들의 통념을 깨고 혼란만을 안겨주었다. 즉, 고도라는 어떤 인물을 기다리는 것이 이 극의 주된 사건인데, 일어난 사건이 해결이 되어 자연스럽게 결말로 유도되는 전통극과는 달리 끊임없이 유보되는 기다림의 실체는 끝내 나타나지 않음으로 해서 이야기는 모호한 채로 끝나게 된 것이다. 초연 시에 "아무것도 아닌 것을 모호하게 만들어 의미심장한 주제로 상승시키려는 작품"[2]이라는 평은 베케트 극의 특성을 짐작하게 해준다. 여기에서 "아무것도 아니다"는 물론 극이 표현하려고 하는 주제의 중요성 여부를 나타내는 것이지만, "의미심장한 주제"와 연결되어 베케트가 바라본 삶의 본질이 아무것도 아니다(nothingness)라는 것으로 귀결된다. 베케트 극은 존재의 부조리 문제를 둘러싸고 그 구성이 순환적이며 종결로 발전하지 않을 뿐더러 뚜렷한 결론을 내릴 수 없는 "모호함"을 띠게 된다. 베케트 극은 인간존재 조건의 혼란상을 묘사하는 부조리극이다. 이 부조리극의 (무)의미

---

2) Deidre Bair, *Samuel Beckett: A Biography*(New York: Summit Books, 1990), p.453.

는 모호하고 이해하기 어렵다. 이와는 방향을 달리한 평가로 극 구성이 신선하고, 전위적이라는 찬사는 베케트 극이 새로운 형식을 채택한 극임을 말해준다.

베케트 극은 아리스토텔레스가 정립한 극 구성(plot)의 중요한 요소(the principle and soul of tragedy)로서의 사건(action)이 없다. 따라서 한 사건이 유발됨으로 인해서 클라이맥스에 이르고 종결되는 논리적인 인과관계가 없기 때문에 극 구성은 순환의 구조 속에서 맴돌게 된다. 『고도』의 이와 같은 형식적 특성은 부조리극의 일반적인 경향이다.

부조리극은 우선 형식적으로도 이전의 전통적인 극과 대조적이다. 제목이 암시하듯이 『고도』는 막연한 기다림(waiting)이라는 인간조건을 제시한다. 그런데 베케트의 극에서 첫 대사는 극의 주제를 내포할 만큼 중요한 역할을 한다. 이는 『엔드 게임』(*Endgame*)의 경우도 마찬가지인데, 이 작품에서 "끝났어, 끝난 거야, 거의 끝난 거나 다름없지. 틀림없이 거의 끝난 거야(Finished, it's finished, nearly finished, it must be nearly finished)"³⁾라는 클롭(Clov)의 첫 대사는 종말(end, 죽음)을 직면한 채, 연극 (게임)을 하는 꼭두각시처럼 살아갈 수밖에 없는 존재 상황을 처음부터 설정하고 있다.

마찬가지로, 『고도』의 지문을 포함한 첫 대사 "되는 일이 없군. (Nothing to be done.)"⁴⁾도 극 전반의 흐름을 처음부터 암시해 준다.

---

3) Samuel Beckett, *The Complete Dramatic Works of Samuel Beckett* (London: Faber & Faber, 1986), p.93. 앞으로 베케트 작품에 대한 인용은 이 책에 의거해 각주를 생략하고, 인용문 뒤에 페이지 수만 표기한다.

4) 미셸 푸크레(Michéle Foucre)는 이 말이 극의 첫 대사로 쓰였다는 사실은 작품 전체에 무력함이 지배하고 있음을 조롱하는 것으로 파악하고, '되는 일이 없어서 할 일이 전혀 없는 경우에' 하는 등장인물들의 말과 제스처는 오직 기분전환용이거나 무기력함을 감추기 위한 위장에 불과하다고 보았다.

미셸 푸크레, *베케트 연극론: 말과 제스처*, 박형섭 옮김 (동문선, 1995), p.53.

시골 길, 나무 한 그루, 저녁 무렵. 나지막한 언덕에 앉아 있는 에스트
라곤이 장화를 벗으려고 한다. 숨을 헉헉 몰아쉬며 양손으로 장화를 잡아
당기고 있다. 그는 지쳐서 멈추다가 다시 한번 시도한다. 아까 했던 것처
럼. 블라디미르가 들어온다.
  에스트라곤(다시 단념하면서): 되는 게 아무 것도 없군.

A country road. A tree. Evening. Estragon, sitting on a low
mound, is trying to take off his boot. He pulls at it with both
hands, panting. He stops, exhausted, rests, begins again. As before.
Enter Vladimir.
Estragon [Giving up again] *Nothing to be done.* (p.10)

이 극은 블라디미르(Vladimir)와 에스트라곤(Estragon)이 등장해서
'고도'를 기다리며 무료한 시간을 보낸다.
  『고도』의 무대는 부조리한 존재 상황을 상징적으로 압축하여 보여
준다. 시골길, 저녁 무렵의 시간, 메마른 자연을 상징하는 나무 한 그
루5)가 무대를 채우는 모든 요소이다. 극도로 압축된 단순한 구도 위
에서 베케트는 인간의 존재 상황을 한편으로는 상징적으로, 다른 한
편으로는 역설적이지만, 있는 그대로 보여준다. 베케트의 이러한 특징
을 에슬린(Martin Esslin)은 부조리극의 한 특징으로 지적하면서, 부
조리극은 부조리함에 대해서 설명을 하려는 것이 아니고, 부조리 그
자체를 무대 위에 재현시키려는 의도를 갖고 있다6)고 설명한다.
  2막으로 구성된 구조 속에서 1막의 중간 부분에 블라디미르와 에스
트라곤의 무료한 기다림에 주종관계의 포조(Pozzo)와 럭키(Lucky)가
끼어들지만 이들은 블라디미르와 에스트라곤의 무의미한 시간의 흐름

---

5) Ronald Hayman, *Samuel Beckett* (New York: Frederick Ungar Publishing Co.,
   1973), p.43.
6) Martin Esslin, *The Theatre of the Absurd* (Harmondsworth: Penguin Books Ltd.,
   1968), p.25.

에 결정적인 영향도 주지 못한 채 사라진다. 1막의 끝부분에서 한 소년이 나타나 고도가 오늘 오지 않고 내일 온다는 전갈을 남긴 채 사라진다. 2막은 1막의 반복구조이다. 기다림의 무의미함을 반영하듯 2막은 1막보다 침묵(pause, silence)이 자주 삽입되고, 포조와 럭키가 불구로 등장하는 것을 제외하고는 별다른 변화 없이 전개된다.

이 극에서 기다림(waiting)의 대상인 '고도'(Godot)는 극이 끝날 때까지 나타나지 않는다. 베케트는 대상을 기다리는 시간이 그 어떤 실천적인 행위로 이어지지 않는다고 말한다. 베케트는 기다림을 특정한 의미를 배제한 채 상징적으로 형상화하여 존재의 모순을 드러낸다. 베케트가 부조리한 세계를 재현한다고 본다면 우선 이 재현행위는 극의 파격적인 형식 자체를 통하여 이루어진다.

베케트는 자신의 정신적 지주이고 스승이었던 조이스(James Joyce)가 쓴 『피네간의 경야』(*Finnegans Wake*)를 조이스의 다른 제자들과 함께 평을 한 적이 있었다. 그 자리에서 베케트는 "이 작품에서 형식은 내용이고, 내용은 곧 형식이다……이것은 읽기 위한 것이 아니다. 읽기 위한 것뿐만 아니고, 눈으로 보고 귀로 들을 수 있는 글이다. 그의 글은 무엇에 관한 것이 아니라 바로 무엇 그 자체인 것이다."[7] 라고 평가했다. 조이스의 이러한 형식적 경향은 베케트의 작품형식에 큰 영향을 끼쳤다고 볼 수 있다. 그 자신도 내용과 형식을 구분하지 않기 때문이다. 베케트의 형식에 대한 강조는 프루스트(Marcel Proust)에 대한 그의 비평에서도 나타난다.

프루스트에게 있어서 언어는 그 어떤 윤리학이나 미학보다도 중요하다. 사실 프루스트는 내용에서 형식을 분리시키는 어떤 시도도 하지 않고 있

---

7) Samuel Beckett, "Dante……Bruno. Vico……Joyce" in *Disjecta: Miscellaneous Writings and a Dramatic Fragment* by Samuel Beckett. ed. Ruby Cohn (New York: Grove Press Inc., 1984), p.27.

다. 전자(형식)는 세상을 드러내는 후자(내용)의 결정체이다.

For Proust the quality of language is more important than any system of ethics or aesthetics. Indeed he [Proust] makes no attempt to dissociate form from content. The one is a concretion of the other, the revelation of the world.[8]

베케트는 내용과 형식과의 연관성을 지적하면서, 프루스트의 경우 언어가 윤리나 미학보다도 더 중요하다고 보았다. 베케트의 작품에서도 형식과 내용은 서로 밀접하게 연관된다. 베케트는 이 세계가 논리적 이해가 불가능한 혼돈으로 가득 차 있다고 생각한다. 그의 파격적인 극 형식은 이러한 세계관을 반영한 것이다.

베케트 작품의 파격적인 형식 속에서 등장하는 인물들은 존재의 허무를 의식적으로 고민하는 대신 뜻 없는 소리의 이어짐에 불과할 수도 있는 언어행위를 한다. 베케트가 재현의 수단으로서의 언어의 한계를 인식한 작가임은 이미 서론에서 살펴보았다. 언어의 한계에 대한 베케트의 의식은 작가로서의 자신의 한계에 대한 비관적 의식으로 연장되기도 한다. 그는 언어가 부조리한 실존을 묘사해 내지 못하는 불완전한 도구라고 말하면서, 조이스가 신에 가까운 작가(omniscience, omnipotence)임에 비해, 자신은 무능(impotence)과 무지(ignorance)로 글을 쓴다[9]고 토로했다.

베케트 극에서 언어는 형식이 되면서 내용도 되는데, 그는 자신의 작품에서 파편화된 언어와 침묵으로 존재의 불완전함과 소외의식을 드러낸다. 파편화된 언어 자체는 인간의 파편화된 내면의식과 평행관

---

8) Samuel Beckett, *Proust* (New York: Grove Press, 1957), p.88.

9) Israel Shenker, "Moody Man of Letters: An Interview with the Author of Waiting for Godot" in *Samuel Beckett: The Critical Heritage,* ed. Lawrence Graver & Raymond Federman (London: Routledge & Kegan Paul, 1979), p.148.

계를 이루며, 이러한 특징은 후기극으로 갈수록 더욱 도식화되고 간
결해지지만 내용은 압축되어 베케트가 의도하는 주제를 심화시킨다.

베케트의 극 구성형식은 곧 언어로 드러난 내용이기 때문에, 극 구
성을 통해서 베케트는 자신이 인식하고 있는 비관적 세계관을 드러내
고 있음을 살펴보았다. 베케트의 이와 같은 경향은 부조리 작가들의
공통된 사상이기 때문에, 베케트 극으로 대표되는 『고도』에 접근하기
위해서는 부조리극의 개념 정립이 필요하다.

유진 웹(Eugene Webb)은 부조리라는 용어[10]를 설명하면서 '부조
리'는 목적지향의 결여와 부조리극의 경우 인간의 존재방식이나 가치
의 무의미함[11]을 의미한다고 말한다. 이는 베케트의 세계관이고 그의
작품의 주제이다. 마틴 에슬린은 "통일된 원리나 의미, 목적을 상실한
와해된 세상의 모습 즉, 부조리한 우주의 그림"[12]을 극화하는 것을
부조리극의 특징으로 보았다.

카뮈(Albert Camus)는 『시지프스 신화』(*The Myth of Sisyphus*)에
서 부조리극을 설명한다.

> 그런데 한편으로 환상과 빛이 거둬진 우주에서 갑자기 인간은 낯선 사
> 람, 이방인임을 깨닫는다. 인간은 상실한 낙원이나 약속된 땅에 대한 기
> 억이 사라지고 없기 때문에 인간의 추방은 구제책이 없다. 인간과 삶, 배
> 우와 무대와의 이러한 괴리는 당연히 부조리한 느낌을 준다.

> But, on the other hand in an universe suddenly divested of
> illusion and lights, man feels an alien, a stranger. His exile is
> without remedy since he is deprived of the memory of a lost home

---

10) 부조리라는 용어는 1942년에 카뮈(Camus)가 *The Myth of Sisyphus*에서 인간의
상황을 나타내기 위해서 처음 사용한 말이다.
11) Engene Webb, *The Plays of Samuel Beckett* (Washington: University of Washi-
ngton Press, 1974), p.14.
12) Martin Esslin, (1968), p.301.

or the promised land. This divorce between man and his life, the
actor and his setting is properly the feeling of absurdity.[13]

신의 존재나 구원에의 희망, 그리고 신을 모방하는 인간의 위상 등
의 환상과 빛이 우주에서 사라지고 나자, 인간은 밀려난 유배자나 이
방인이 될 수밖에 없는 상황임을 깨닫는다. 즉, 부조리한 세계는 "미
래의 약속의 땅에 대한 희망이 없기 때문에 인간은 방향감각을 상실
하여 삶 자체에서 괴리"[14]되어 있다.

이오네스코(E. Ionesco)도 『카프카론』(Kafka)에서 부조리를 목적이
결여된 존재 상황으로 파악하고 있다. 그는 인간이 종교적이고 형이상
학적인, 그리고 철학적인 뿌리로부터 단절될 때, 인간은 목적을 상실한
존재이고 인간의 모든 행동은 무의미하고 헛된 것이라고 설명한다.

> 부조리란 목적이 없는 것이다. 종교적, 형이상학적, 그리고 초자연적인
> 뿌리로부터 단절되어 인간은 방향감각을 상실한 상태이다. 즉, 인간이 하
> 는 모든 행동은 무의미하고 부조리하며 헛된 것이 된다.

> Absurd is that which is devoid of purpose……Cut off from his
> religions, metaphysical and transcendental roots, man is lost; all his
> actions become senseless, absurd, useless.[15]

마찬가지로 유진 웹도 부조리한 세계를 인간의 이성이 실패한, 그
래서 질서의 개념이나 희망과는 거리가 먼 혼돈된 상황[16]이라고 파
악했다.

따라서 인간은 카뮈가 묘사하고 있는 것처럼 부조리함을 깨닫기 전

---

13) Albert Camus, *The Myth of Sisyphus* (New York: Vintage Books, 1955), p.5.
14) 예영수, *영미희곡 사상사: 문학과 철학의 만남,* (형설출판사, 1989), p.302.
15) M. Esslin(1968), p.xix.
16) Eugene Webb(1974), p.23.

에는 목적 지향적이고 미래에 대한 확신 속에서 지낼 수 있었으나,
부조리함을 자각하고 난 뒤에는 현실은 죽음뿐임을 깨닫게 된 것이
다. (Death is there as the only reality⋯⋯there is no future.)[17]

베케트 극에 등장하는 인물들은 태어났다는 자체만으로도 원인을 알
수 없는 고통을 겪는다. 예를 들어, 『나는 아니야』(*Not I*)라는 작품에
서도 한 여인이 이 세상으로부터 자신의 의지와는 상관없이 내쫓김을
당하듯이 태어난 사실을 언급한다. (⋯⋯out⋯⋯into this world⋯⋯
this world⋯⋯tiny little thing⋯⋯before her time⋯⋯parents
unknow⋯⋯)(p.376) 또 다른 작품인 『대사 없는 막Ⅰ』(*Act Without
Words I*)에서도 주인공이 눈부신 사막 위에 내던져져서 어리둥절해
하며 자신이 이곳에 있게 된 이유를 골똘히 생각하는(Desert, dazzling
light. The man is flung⋯⋯reflects.) (p.203) 부조리한 탄생을 경험하
게 된다.

로브 그리에(A. Robbe-Grillet)의 다음 글은 베케트가 인생의 사실
성을 무대 위에 재현하려는 의도를 갖고 있음을 잘 나타내 주고 있다.

> 하이데거는 인간의 상황은 그곳 거기(there)에 있는 것이라고 말한다.
> 극장은 현실을 나타내는 그 어떤 다른 방법들보다도 좀 더 자연스럽게
> 인간의 이러한 상황을 재현한다. 연극에 있어서 한 인물에 대한 필수 요
> 소는 그가 무대 위 즉, 거기(there)에 있다는 것이다.

> The condition of man, says Heidegger, is to be there. The theatre
> probably reproduces this situation more naturally than any of the
> other ways of representing reality.
> The essential thing about a character in a play is that he is "on
> the scene": there.[18]

---

17) A. Camus(1955), p.43.
18) Alain Robbe-Grillet, "Samuel Beckett, or Presence in the Theatre", in *Samuel*

하이데거(Heidegger)는 인간의 피투성(thrown-out) 상황을 설명하면서, 인간이 "거기(there)"에 존재한다는 존재조건과 배우가 연극무대의 "그 장면에(on the scene)" 존재한다는 것을 유사한 것으로 해석했다. 즉, 이러한 상황은 인간이 무대 위에 등장해서 자신에게 주어진 역할을 일정한 시간 동안 연기하는 배우와 다름없다는 것을 보여준다.

이와 같은 존재의 부조리성은 『고도』에서도 나타나 블라디미르와 에스트라곤이 자신들의 상황을 언급하며 스스로를 비웃는 장면이 있다.

> 블라디미르: 우리가 참회를 한다면 말야.
> 에스트라곤: 참회라니? 뭘?
> 블라디미르: 오…(그는 생각에 잠긴다.) 시시콜콜 캐묻지 좀 말게!
> 에스트라곤: 우리가 태어난 것에 대해서?
>   (블라디미르는 신나게 웃어대다가 갑자기 웃음을 참으려고
>   애쓴다. 손으로는 치골부위를 감싸 쥐고, 그의 얼굴은 일
>   그러져 있다.)
> 블라디미르: 더 이상 웃지도 못하겠어.

> Vladimir: Suppose we repented.
> Estragon: Repented what?
> Vladimir: Oh……[He reflects.] We wouldn't have to go into the details.
> Estragon: *Our being born*?
>   [Vladimir breaks into a hearty laugh which he immediately suppresses, his hand pressed to his stomach, his face contorted.]
> Vladimir: One daren't even laugh any more.(p.12)

허쉬 자이프만(Hersh Zeifman)은 베케트 극에서의 웃음을 존재의

Beckett: *A Collection of Critical Essays*, ed., M. Esslin(1965), p.108.

부조리를 조롱하는 울부짖음에 가까운 것19)으로 이해하고 있다. 베케트 최초의 라디오 드라마인 『쓰러지는 모든 사람들』(*All That Falls*)에서도 불구인 두 노인은 자포자기의 상태에서,20) 삶의 체념과 세상에 대한 적개심으로 인해 자학적인 감정과 신에 대한 저주가 뒤섞인 웃음을 터뜨리는 가운데 극이 종결된다. 블라디미르와 에스트라곤도 자신들이 태어난 사실에 대해서 참회를 해야 한다는 사실을 이야기하며 터져 나오는 웃음을 참으려고 애쓴다. 탄생과 삶의 의미에 대한 의문 자체가 무의미한 이들은 역설적으로 무엇을 참회해야 하는지 그 자체가 의문이다. 블라디미르는 생각에 잠기는 제스처를 취해보지만 결국 문제에 대한 대화를 포기해 버린다.

삶에 대한 자조적인 제스처와 언어로 일관된 초기극은 비극적인 존재 상황을 희비극적인 방식으로 접근한다고 볼 수도 있다. 베케트는 존재 자체가 문제가 되는 존재 상황을 그대로 담아내는 데는 희비극적 구조가 적합하다고 보았다. 코리건(R.W. Corrigan)도 희비극 장르가 삶의 모습과 가장 유사한 형식이 될 수 있음을 지적한다.

> 드라마의 여러 형태들 가운데 희비극이 우리가 매일 살아가는 삶과 가장 닮아 있다. 삶에 대해 한 번 생각해 봐라. 우리는 어떤 일에 명백한 해답을 얼마나 자주 얻고 있는가? 우리는 사랑에 빠지지만, 진실한 사랑은 얼마나 지속되는가? 그것은 또 얼마나 빈번히 허무하고 공허한 것으로 드러나는가? 우리는 실제로 사물들을 얼마나 변화시킬 수 있는가? 우리가 할 수 있는 일이란 그저 씩 웃거나 그것을 견뎌내는 것이라는 것을 우리는 경험을 통해 알 수 있다. 그것이 바로 희비극이 지향하는 완벽한 모토(motto)이다.

---

19) Hersh Zeifman, "Being and Non-Being" in *Modern Drama,* Vol.ⅪⅩ, No.1, Mar., 1976, p.40.

20) "The loss of my sight was a great fillip. If I could go deaf and dumb I think I might pant on to be a hundred." S. Beckett(1986), p.192.

······of the dramatic forms, tragicomedy is most like life itself as
we live it day by day. Think about it. How often do we achieve a
clear resolution to anything? We fall in love, but how often does
true love last? How often prove to be hollow and empty? How
capable are we of really changing things? Our experience tells us
that all we can do is to 'grin and beer it'. That is the perfect motto
for tragicomedy.[21]

코리건은 관객을 희극적인 감흥으로 유도하면서 그 희극적인 감
흥의 의미를 반성하는 기회를 제공하는 것이 희비극 장르의 연극적
속성이라고 본다. 코리건은 또한 희비극 장르에는 삶의 본질이 무
(nothingness), 정체된 상황 이상의 것이 아니라는 인식이 주는 심각
성과 존재의 모순으로 인한 자조적인 태도가 융합되어 있는 것으로
파악하여 부조리한 삶의 진실(reality)을 가장 효과적으로 표현할 수
있다고 본다. (In tragicomedy, the serious merges with the
ridiculous: helplessness is cast in a humorous vein.)[22] 『고도』의 구
조는 희비극적이다. 루비 콘(Ruby Cohn)도 비슷한 관점에서 이 극이
비극적이고 고통스러운 존재 상황을 희극적인 방법으로 전달하고 있
음을 지적하여 이 극을 "형이상학적 소극(metaphysical farce)"[23]이라
고 명명했다.

베케트의 인물들은 자신들이 왜 태어나서 고통을 받아야 하는지에
대해서 어리둥절해한다. 그들은 "누구한테? 누구 때문에? (to whom?
By whom?)" (p.21) 속박되었는지 궁금해하며 자신들이 속박되고 있
는지의 여부도 확신할 수가 없어서 "우리가 속박당하고 있는 건 아니

21) Robert W. Corrigan, 'Tragicomedy' in *Comedy: Vision and Form* (New York:
    Harper & Row Publishers, 1981), p.226.
22) Robert W. Corrigan(1981), p.222.
23) Ruby Cohn, *Samuel Beckett: The Comic Gamut* (New Brunswick: Rowtgers Uni-
    versity Press, 1962), pp.210-11.

지?(We're not tied?)" (p.19, p.20)라며 두 번에 걸쳐 의문에 부친다.
태어난 것이 원죄라면 원죄의 속박에서 벗어나는 길은 죽음밖에 없다
는 결론을 내리고 이들은 죽음을 원한다. 이 작품에서 블라디미르와
에스트라곤도 여러 차례에 걸쳐 자살하려는 욕망을 드러낸다.

> 에스트라곤: 당장 목매 죽자!
> 블라디미르: 나뭇가지에다? (그들은 나무쪽으로 다가간다)
>   이 나무를 믿지 못하겠는데.
> 에스트라곤: 시험이야 해볼 수 있잖아.
> 블라디미르: 자네가 먼저 해.
> 에스트라곤: 자네부터 해봐.
> 블라디미르: 아냐, 아냐. 자네가 먼저.
> 에스트라곤: 어째서?
> 블라디미르: 그야 자네가 나보다 더 가벼우니까.
> 에스트라곤: 그러니까 자네가 먼저 해야지.
> 블라디미르: 뭐가 뭔지 모르겠군.

> Estragon: Let's hang ourselves immediately!
> Vladimir: From a bough? [They go towards the tree.]
>   I wouldn't trust it.
> Estragon: We can always try.
> Vladimir: Go ahead.
> Estragon: After you.
> Vladimir: No no, you first.
> Estragon: Why me?
> Vladimir: You're lighter than me.
> Estragon: Just so!
> Vladimir: I don't understand. (pp.17-18)

무기력한 이들은 나뭇가지에 목을 매자는 의견을 내놓지만, 시도하

지 않는다. 이들에게 자살은 일종의 유희이다. 핫산(I. Hassan)은 자살의 욕망은 베케트 인물들의 의식의 근저에 자리 잡고 있는, 그러면서도 실행되지 않는 "의식의 게임"24)이라고 말한다. 살아 있는 인간은 죽음을 경험하지도 않았고 또 죽음을 이해할 수도 없다. 따라서 이들의 죽음의 의식은 의식의 게임을 넘어설 수 없는 것이다. 『행복한 나날들』(*Happy Days*)에서는 주인공이 손이 닿는 곳에 권총을 놓아두지만, 막이 내릴 때까지 자살은 이루어지지 않는다.

죽음 욕망은 의식이 존재하기 이전인 모태 속의 평안에 대한 열망으로 이어진다.

> 블라디미르: 거기가 어제 저녁에 자네가 앉았던 장소야.
> 에스트라곤: 잠 좀 잤으면.
> 블라디미르: 어제 잤잖아.
> 에스트라곤: 한숨자야겠어. 그는 무릎사이에 머리를 묻는다.
>
> Vladimir: That's where you were sitting yesterday evening.
> Estragon: If I could only sleep.
> Vladimir: Yesterday you slept.
> Estragon: I'll try. [His head between his knees.] (p.64)

에스트라곤의 자세는 태아의 자세와 비슷하다. 이러한 태내에서의 자세는 또한 죽음, 어둠, 밤과 상징적으로 연결된다. 이렇게 보면 "밤은 영영 안 오려나?(Will night never come?)"(p.34)라는 블라디미르의 대사는 에스트라곤의 태아적 자세를 둘러싸 주는 어둠거나 죽음으로 이어지는 환경에 대한 의구심으로 읽힐 수 있다. 또한 땅은 만물의 터전이고 모든 것을 포용해 주는 품이라는 문학적 상징으로 유추

---

24) Ihab Hassan, *The Literature of Silence*: *Henry Miller and Samuel Beckett* (New York: Alfred A. Knopf Inc., 1967), p.182.

하여 볼 때, 에스트라곤이 "땅에 누워 있으니 기분 좋다(Sweet Mother Earth!)"(p.75)라고 말하며 자주 땅 위에서 뒹구는 행동은 태내로의 회귀욕망으로 해석될 수 있다. "아무 일도 하지 말자. 그게 제일 안전해(Don't let's do anything. It's safer)"(p.18)라는 에스트라곤의 말이나, 『쓰러지는 모든 사람들』에서 루우니 부인이 "문밖을 나다닌다는 것은 자살행위"(p.175)라고 말하는 것도 일체의 행동과 의식이 태내와 같이 제한된 공간으로 갇히고 싶어 하는 심리의 표출이다. 『연극』(Play)에서 이러한 욕망은 극대화되어 나타난다. 주인공은 조명(spotlight)만 비추면 말을 해야 하는 존재의 고통스런 의무로부터 벗어나고자 "죽도록 어둠을 갈망해"(p.317), "아래로 온통 밑으로, 어둠 속으로 꺼져 들어가면 평온이 찾아들겠지"(p.312)라며 스포트라이트로 암시되는 바깥의 힘으로부터의 자유를 욕망한다. 그러나 베케트 인물들의 내면으로의 회귀욕망은 욕망자체로 그칠 뿐이다.

그렇다면 이 작품에서 극중 인물들에게 삶의 실상(reality)은 어떻게 전개되고 있고, 존재의 의미에 대한 인식이 유보된 상황하에서 극의 인물들은 무엇을 할 수 있는가? 그들에게는 고도를 기다리는 일을 제외하고는 특별하게 해야 할 일이 없다.

> 에스트라곤: 가자.
> 블라디미르: 갈 수 없어.
> 에스트라곤: 왜 못가?
> 블라디미르: 고도를 기다리는 중이니까.
> 에스트라곤: 아! (절망에 잠긴다)
>   우리는 무엇을 해야 되지! 무엇을 해야 되냐구!

> Estragon: Let's go.
> Vladimir: We can't.
> Estragon: Why not?

Vladimir: We're waiting for Godot.

Estragon: Ah! [Pause. Despairing.] What'll we do, what'll we do! (p.77)

에스트라곤은 고도를 기다려야 한다는 블라디미르의 말을 듣고 침묵(Pause)에 빠지게 되며, 정체된 시간을 무엇을 하며 보내야 하는지에 대해서 절망한다.

> 블라디미르: (침묵. 에스트라곤은 나무를 주의 깊게 살펴본다.) 이제 무엇을 해야 하지?
> 에스트라곤: 기다려야지.
> 블라디미르: 그래, 그렇지만 기다리는 동안에 말야.
> 에스트라곤: 목매달아 죽는 건 어때?

Vladimir: [Silence. Estragon looks attentively at the tree.]
What do we do now?

Estragon: We wait.

Vladimir: Yes, but while we wait.

Estragon: What about hanging ourselves? (p.17)

이들은 자살을 꿈꿀 뿐만 아니라 정체감이 주는 권태를 극복하기 위하여 모자돌리기, 연극, 말장난, 장화를 신고 벗기기 등의 유희로 시간을 보낼 수밖에 없다.

> 블라디미르: 저걸 시도해 보는 게 어때?
> 에스트라곤: 난 모든 걸 시도 해 봤어.
> 블라디미르: 아니, 신발을 신어 보란 말야.
> 에스트라곤: 그렇게 하는게 좋은 일 일까?
> 블라디미르: 시간을 때우기 위해서야. (에스트라곤은 주저한다)
> 틀림없이 해 볼만한 일이야.

에스트라곤: 일종의 휴식삼아.
블라디미르: 기분전환으로.
에스트라곤: 일종의 휴식으로.
블라디미르: 해봐.
에스트라곤: 도와 줄 텐가?
블라디미르: 그럼, 물론이지.

Vladimir: What about trying them?
Estragon: I've tried everything.
Vladimir: I mean the boots.
Estragon: Would that be a good thing?
Vladimir: It'd pass the time. [Estragon hesitates.] I assure you,
        it'd be an occupation.
Estragon: A relaxation.
Vladimir: A recreation.
Estragon: A relaxation.
Vladimir: Try.
Estragon: You'll help me?
Vladimir: I will, of course. (p.63)

삶의 중압감으로부터 벗어나는 휴식(relaxation)도 되고, 동시에 시간을 보내는 오락(recreation)으로 그들은 장화를 신고 벗는 놀이를 시작한다. 매일 신고 벗는 장화가 상징하는 습관화한 행동으로 습관이 주는 정체감을 빠져나오려고 시도하는 것, 이것이 바로 베케트 극이 인간존재의 모순성을 밝혀 나가는 역설이다.

베케트가 파악하고 있는 인간의 삶이란 간힌 공간 즉, 탈출이 불가능한 여건이 상징하는 순환적이고 변화 없는 정체감 속에서 기다리고, 말하는 것이다. 리챠드 코(Richard Coe)도 베케트 극에 나타난 삶의 부조리성은 시작과 기다림, 그리고 탈출이 불가능한 끝만이 있는 세

악장의 소나타 형식을 이룬다고 보았다. (……imprisoned in the chain of life, the three part sonata form of beginning-waiting-ending and there is no escape.)[25]

존재의 정체감은 이 극에서 자주 반복되는 비슷한 표현들을 살펴보는 것만으로도 충분하다. 1막에서만 언급된 비슷한 표현 등을 살펴보면 다음과 같다.

- Nothing to be done. (p.10, 21)
- It's not certain. (p.25, 50)
- How do I know? (p.25)
- I don't know. (p.10, 14, 48, 49, 50 etc.)
- There is nothing to show. (p.12)
- Time has stopped. (p.35)
- Nothing happens, nobody comes, nobody goes, it's awful! (p.39)
- What can't be cured must be endured.
  What was I saying. [He ponders.] Wait.[Ponders.]
  Wait! Wait! (p.39)
- That means nothing. (p.46)
- Nothing is certain. (p.50)
- Say something! Say anything at all! (p.57)

이와 같이 모든 것이 알 수 없고 무의미한 시간의 축적물인 습관과 정체감 등에서 기인하는바, 죽음과 다름없는 상황에서 인물들이 살아있음을 증명하는 행위는 소리에 불과한 언어행위밖에 없다.

---

25) Richard N. Coe, *Beckett* (Edinburgh: Oliver and Boyd, 1964), p.57.

『고도』를 위시한 초기극에서는 인물들이 둘씩 짝을 지어 등장해서 상대와 함께 지루한 시간을 보내기 위한 유희적 언어행위가 이루어진다. 즉, 주인공들은 누군가 상대자가 없으면 존재할 수 없는 불완전한 인간으로 제시되어서, 말 상대가 되고 그럼으로써 정체감으로부터 잠시 벗어나게 됨과 동시에 자신의 실존을 확인할 수 있게 된다.

> 에스트라곤: 침묵을 지키고 있을 수는 없는 노릇이니까 이러는 동안
> 차분히 얘기나 해보자.
> 블라디미르: 허긴 그래. 우리는 지칠 줄 모르니까.

> Estragon: In the meantime let's try and converse calmly, since
> we're incapable of keeping silent.
> Vladimir: You're right, we're inexhaustible. (p.57)

이들이 시도하는 언어행위는 잠깐 동안 존재를 의식해야 하는 압박감에서 벗어나게 해준다. 그들은 심심풀이로 서로에게 욕을 하는 게임을 한다. 그러나 이들의 대화에서 언어의 의미는 중요하지 않고, 언어는 단지 대화의 형태를 유지해 주는 소리에 불과할 뿐이다.

> 에스트라곤: 그거 좋은 생각이다. 우리 서로 욕을 해보자.
> (그들은 서로 돌아서서 좀 더 거리를 두다가 돌아서서
> 서로를 쳐다본다.)
> 블라디미르: 야, 이 바보야!
> 에스트라곤: 야, 이 해충아!
> 블라디미르: 병신!
> 블라디미르: 물에 빠진 생쥐!
> 에스트라곤: 부젓가락 같은 놈!
> 블라디미르: 천치 같은 놈!
> 에스트라곤: (끝맺음을 하는 자세로) 트집쟁이 녀석!

블라디미르: 오!

　　　　(그는 맥이 풀려 패배를 인정하듯 돌아서서 물러선다.)

Estragon: That's the idea, let's abuse each other.

　　　　[They turn, increase the space between them, turn

　　　　again and face each other.]

Vladimir: Moron!

Estragon: Vermin!

Vladimir: Abortion!

Estragon: Morpion!

Vladimir: Sewer-rat!

Estragon: Gurate!

Vladimir: Cretin!

Estragon: [With finality] Crritic!

Vladimir: Oh!

　　　　[He wilts, vanquished, and turns away.] (p.69)

　　여기에서 언어는 상대에게 의미를 전달하는 의사소통의 수단보다는
정체감에서 빠져나오기 위한 놀이의 수단으로 이용되고 있는 것이다.

　　상대와 의사소통이 불가능함은 블라디미르와 에스트라곤의 대사에
서 자주 찾아볼 수 있다. 에스트라곤이 장화 벗기는 것을 도와달라고
하자 블라디미르는 전혀 엉뚱한 대답으로 응수한다.

　　에스트라곤: 나 좀 도와달라니까?

　　블라디미르: 때때로 희망이 찾아들 것 같은 느낌이 들어.

　　　　　　　그러면 묘한 기분이 되거든.

　　　　　　　(그는 모자를 벗어 그 안을 들여다보고 더듬어 보고 툴툴
　　　　　　　털어본 뒤 도로 쓴다.) 뭐라고 할까? 안심이 되는 동시
　　　　　　　에…(그는 적당한 낱말을 찾으려고 애쓴다.) …오싹한 걸.
　　　　　　　(힘주어 말한다.) 오—싹해.(그는 모자를 다시 벗고 안을

들여다본다.) 재미있군. (그는 무슨 낯선 것이라도 제거하
려는 듯이 모자 꼭대기를 똑똑 두드리고 나서, 모자 안을
다시 들여다보고는 다시 쓴다.)
　　되는 일이 아무 것도 없네. (에스트라곤은 있는 힘을 다해
장화를 벗는데 성공한다. 그는 장화 안을 들여다보고, 안
을 더듬어 본 뒤 거꾸로 들고 흔들고 땅바닥에 무엇이라
도 떨어졌는지 더듬어 본 다음, 아무 것도 떨어진 것이
없음을 알고 다시 장화안을 더듬어 본 뒤, 멍하니 자기
앞을 응시한다) 뭔데?

에스트라곤: 아무 것도 아냐.

블라디미르: 보여줘.

에스트라곤: 보여줄게 없다니까.

블라디미르: 그렇다면 다시 신어봐.

Estragon: Why don't you help me?

Vladimir: Sometimes I feel it coming all the same. Then I go
　　　　all queer.
　　　　[He takes off his hat, peers inside it, feels about inside
　　　　it, shakes it, puts it on again.] How shall I say? Relieved
　　　　and at the same time……[He searches for the word.]……
　　　　appalled. [With emphasis.] AP-PALLED. [He takes off
　　　　his hat again, peers inside it.] Funny. [He knocks on the
　　　　crown as if to dislodge a foreign body, peers into it
　　　　again, puts it on again.] Nothing to be done……
　　　　(Estragon with a supreme effort succeed in pulling off
　　　　his boot. He looks inside it, feels about inside it, turns it
　　　　upside down, shakes it, looks on the ground to see if
　　　　anything has fallen out, finds nothing, feels inside it
　　　　again, staring sightlessly before him.) Well?

Estragon: Nothing.

Vladimir: Show.

Estragon: There's nothing to show.

Vladimir: Try and put it on again. (pp.11-12)

그리고 포조와 럭키가 등장하는 장면에서 포조가 자신의 이름을 밝히자 블라디미르와 에스트라곤은 금방 알아듣지 못하고 여러 번에 걸쳐 확인한다.

포조:　　　나는 포조라고 합니다.

블라디미르: (에스트라곤에게) 천만에!

에스트라곤: (겁먹은 채 포조에게) 고도씨가 아니신지요?

포조:　　　(위협적인 목소리로) 나는 포조야! (침묵) 포조! (침묵) 내
　　　　　이름을 듣고도 모르겠다 이거야? (침묵) 내 이름을 듣고도
　　　　　모르겠냐 이말이야?

에스트라곤: (고민하는 척 하며) 보조…보조…

블라디미르: (마찬가지로) 포조…포조…

　　　　　포조: 포-오─저!

에스트라곤: 아! 포조…알겠군…포조…

블라디미르: 포조라는 거야, 보조라는 거야?

에스트라곤: 포조라고…아냐…암만해도 …아닌데…그런 것 같지는 않
　　　　　고…(포조는 위협적으로 다가온다.)

Pozzo:　　I present myself: Pozzo.

Vladimir: [To Estragon.] Not at all!

Estragon: [Timidly to Pozzo.] You're not Mr. Godot, Sir?

Pozzo:　　[Terrifying voice.] I am Pozzo!
　　　　　[Silence.] Pozzo! [Silence.]
　　　　　Does that name mean nothing to you?
　　　　　[Silence.] I say does that name mean nothing to you?
　　　　　[Vladimir and Estragon look at each other questioningly.]

Estragon: [Pretending to search.] Bozzo……Bozzo……

Vladimir: [Ditto] Pozzo……Pozzo……
Pozzo: PPPOZZO!
Estragon: Ah! Pozzo……let me see……Pozzo……
Vladimir: Is it Pozzo or Bozzo?
Estragon: Pozzo……no……I'm afraid I……no……I don't seem t
          o……[Pozzo advances threateningly……] (p.22)

베케트 극에서 언어는 의사전달이나 의사표현의 기능이 한계에 봉
착해 있는 것으로 나타나 있고, 그런 상황에서 인물들이 구사하는 언
어는 결국 궁극적인 목표나 동기를 결여한 채 추상적인 모호성을 띨
수밖에 없게 된다. 그리고 상대방의 의사와는 상관이 없는 자기만의
언어행위와 다를 바 없어서 각자는 상대에게 단순한 언어유희의 대상
으로 여겨질 뿐이다.

에스트라곤: 날 건드리지마! 묻지 말라구!
            말하지 말란 말야! 그저 곁에 있어 주기만 해!
블라디미르: 내가 자네 곁을 떠난 적이라도 있나?
에스트라곤: 나를 가게 내버려 뒀잖아.

Estragon: Don't touch me! Don't question me! Don't speak
          to me! Stay with me!
Vladimir: Did I ever leave you?
Estragon: You let me go. (p.53)

정상적인 의사소통이 불가능한 상황은 베케트 극의 언어와 극의 형
식에 있어서 중요한 특징이 된다. 에스트라곤은 포조와 럭키가 등장
하여 같은 공간에 있음에도 불구하고 "아무 일도 일어나지 않고, 아
무도 오지 않고, 아무도 가지 않고, 정말 끔찍하군!"(p.39)이라고 말하
면서 자신들의 언어행위가 제 기능을 하지 못함을 드러내고 있다.

에슬린은 논리적 질서가 배제된 부조리극에서는 언어의 가치가 하락될 수밖에 없다고 지적한다.

> 부조리극은 언어가 철저히 평가절하 되는 경향이 있고 무대자체의 구체적이고도 객관화된 이미지를 벗어난 시에 가까운 극이 되기 쉽다. 언어 요소는 이러한 개념에서 여전히 중요한 역할을 하지만, 무대 위에서 벌어지는 것은 등장인물들이 말하는 대사와 상관없고, 때로는 전혀 모순 되는 것이다.

> The theatre of the Absurd, ……tends toward a radical devaluation of language, toward a poetry that is to emerge from the concrete and objectified images of the stage itself. The element of language still plays an important part in this conception, but what happens on the stage transcends, and often contradicts, the words spoken by the characters.[26]

또, 에슬린은 다른 저서에서 언어가 존재하고 있다는 사실에 대한 유일한 증거가 되기는 하지만, 의사전달 기능이나 표현의 기능이 사라진 신뢰할 수 없는 도구[27]라고 부언한다.

이 작품 가운데에서 이러한 언어관을 가장 잘 드러내고 있는 부분은 두 페이지에 걸쳐서 쉼표나 마침표도 제거된 채, 빠른 속도로 진행되는 럭키(Lucky)의 독백 장면이다. 1955년에 더블린에서 이 작품을 공연할 때 럭키 역을 맡은 배우에게 요구된 내용(……Lucky's long speech is like a phonograph record getting faster and faster until it is out of control.)[28]은 에슬린이 말하는 언어의 평가절하를

---

26) M. Esslin(1968), p.26.
27) M. Esslin(1965), p.2.
28) Dougald McMillan & Martha Fehsenfeld, *Beckett in the Theatre* (London: John Calder, 1988), p.64.

단적으로 드러낸다. 럭키의 긴 대사는 점점 빨리 돌아가는, 그래서 결국 제어할 수 없는 레코드판 같아서 의미전달의 가능성이 배제된 단순한 소리일 뿐이라는 것이다. 즉, 럭키의 독백은 앞뒤 논리가 맞지 않는 단어의 나열로 아무도 이해할 수 없는 럭키 혼자만의 의식세계의 표출이다. 그러므로 럭키의 독백은 상대에게 의미를 전달하는 기능을 갖지 못한다. 쉼 없이 계속되는 지루한 독백은 삶의 정체성을 강조해 줄 뿐이다.

자신의 소유주로 등장한 포조의 "앞으로 나와!(Forward!)", "그만!(Stop!)", "생각해!(Think!)"라는 일방적인 명령에 무기력하게 움직이며 긴 대사를 쏟아내는 럭키의 상황은, 럭키가 추는 춤을 보고 "그물 춤이라오. 그는 자신이 그물에 갇혀 있다고 생각하나 보오(The Net. He thinks he's entangled in a net.)"(p.38)라는 포조의 대사와 연결되어 "말이라는 그물"29)에 갇혀 있는 인간의 상황을 암시해 준다. 언어기능 상실에 대한 상징으로 럭키는 2막에 가면 벙어리가 되어 등장한다. 다음에 인용하는 대화내용도 침묵에 의존하는 이 극의 인물들이 펼치는 언어유희의 장면이다.

포조:　　가야해요. (침묵)
에스트라곤: 그럼 잘 가시오.
블라디미르: 잘 가요.
포조:　　잘들 계시우. (침묵. 아무도 움직이지 않는다.)
블라디미르: 안녕.
포조:　　안녕
에스트라곤: 안녕. (침묵)
포조:　　정말 고맙수다.
블라디미르: 감사합니다.

---

29) Linda Ben-Zvi, "Samuel Beckett, Friz Mauthner, and the Limit of Language." in *PMLA* 95 (1980), p.197.

포조:　　천만에.
에스트라곤: 고마웠어요. 정말입니다.
포조:　　아닙니다. 아니에요.
블라디미르: 고맙습니다. 진정이오.
포조:　　아니 별 말씀을. (침묵)
　　　　정말이지 떠날 수…(그가 주저한다) 있을 것 같지가 않은데.
에스트라곤: 그게 인생이오.

Pozzo:　　I must go.
　　　　[Silence]
Estragon: Then adieu.
Pozzo:　　Adieu.
Vladimir: Adieu.
Estragon: Adieu. [Silence. No one moves.]
Vladimir: Adieu.
Pozzo:　　Adieu.
Estragon: Adieu. [Silence.]
Pozzo:　　And thank you.
Vladimir: Thank you.
Pozzo:　　Not at all.
Estragon: Yes yes.
Pozzo:　　No no.
Vladimir: Yes yes.
Estragon: No no. [Silence.]
Pozzo:　　I don't seem to be able……
　　　　[He hesitates.]……to depart.
Estragon: Such is life. (p.44)

이 부분도 언어행위의 지연과 반복으로 언어행위의 무의미성을 강
조한다는 베케트의 비관적 언어관을 드러내고 있다. 그러나 비슷한

내용을 다시 한번 인용하는 이유는 베케트의 중·후기극에서 역설적으로 새로운 언어의 기법으로 작용하는 침묵(Silence)이 자주 삽입되고 있다는 점 때문이다. 그들은 작별인사를 나누고 난 뒤 포조가 등장해서 대화를 주고받는 사이에 잊혀졌던 존재인식이 주는 압박감을 침묵으로 환치시켜 보여준다. 그런데 카렌 스타인(Karen Stein)은 이와는 반대로 베케트 극에서의 침묵은 인식이 이루어지는 순간이라고 보고 이를 형이상학적 침묵(metaphysical Silence)[30]으로 규정했다.

이 장면에서는 침묵의 순간과 더불어, 기다리고, 말을 해야 한다는 부담으로부터 벗어날 수 있는 출구는 인간을 통해서만 가능하다는 인간상호 간의 관계가 암시된다. 오랫동안 망설이며 "정말이지 떠날 수 있을 것 같지 않다."고 말하는 포조에게 에스트라곤이 "그게 바로 인생"이라고 대꾸하는 것은 여러 가지 비관적 시각을 차치하고 우선, 표면상으로 드러난 인간 사이의 긍정적인 관계로 해석될 수 있다. 일단 부조리극에서 삶의 긍정적인 관계로 해석될 수 있다. 일단 부조리극에서 삶의 긍정적인 의미를 결정짓는 중대한 요소이고, 적극적 의미를 내포하고 있는 것으로 최소한 두 사람이 필요하다는 사실[31]은 언어행위가 혼자서는 이루어질 수 없다는 전제와 연결된다. 의사소통의 최소한의 조건은 비관적인 분위기 속에서나마 유지되고 있는 것이다.

> 블라디미르: 우리는 이제 더 이상 혼자가 아니야. 밤을 기다리든 고도를 기다리든… 무엇을 기다리든 지간에, 저녁나절 내내 우리는 아무 도움도 없이 애써왔어. 그런데 이제 끝났어.

> Vladimir: We're no longer alone, waiting for the night, waiting

---

30) Karen F. Stein, "Metaphysical Silence in Absurd Drama" in *Modern Drama*, Vol.13, N.4. Feb. 1971, p.12.
31) 이창국, "부조리극에 나타난 삶과 그 부정의 한계" *사무엘 베케트 희곡전집 1* (예니, 1993), p.246.

for Godot, waiting······All evening we have struggled,
unassisted. Now it's over. (p.71)

기다림(Waiting)만으로 이어지는 정체적 상황이지만, 나와 타자가
있다는 사실, 블라디미르가 잠든 에스트라곤에게 옷을 벗어 덮어준다
거나, 자장가를 불러주는 것, 그리고 무기력한 외침에 불과하지만 상
대가 존재함으로써 의미를 띠는 도와달라(Help)는 외침은 어두운 공
허 속에 떠도는 희미한 빛이다.

블라디미르와 에스트라곤은 포조가 사라지고 나자 "덕분에 시간은
잘 보냈군"(p.45)이라고 말을 하고 난 뒤에 다시 이어지는 침묵에 대
해서 두려워한다. 이들 두 사람뿐만 아니라, 베케트의 모든 작품에서
등장인물들은 침묵을 두려워한다. 다음의 대화를 보면 이들이 침묵을
두려워하는 이유가 드러난다.

　　　에스트라곤: 침묵을 지키고 있을 수는 없는 노릇이니까 이러는 동안
　　　　　　　　　차분히 얘기나 해보자.
　　　블라디미르: 허긴, 그래, 우리는 지칠 줄 모르니까.
　　　에스트라곤: 생각을 하지 않기 위해서라도 말이야.
　　　블라디미르: 핑계야 있지.
　　　에스트라곤: 그래야 아무 소리도 안 들리지.
　　　블라디미르: 우리 나름대로 이유도 있고.
　　　에스트라곤: 그 모든 죽은 것들의 목소리를.

　　Estragon: In the meantime let's try and converse calmly, since
　　　　　　　we are incapable of keeping silent.
　　Vladimir: You're right, we're inexhaustible.
　　Estragon: It's so we won't think.
　　Vladimir: We have that excuse.
　　Estragon: It's so we won't hear.

Vladimir: We have our reasons.
Estragon: All the dead voices. (p.57)

　블라디미르와 에스트라곤으로 대표되는 인간은 침묵에 빠지게 되면 존재를 의식하고 모든 죽은 것들의 목소리(All the dead voices)를 들어야 하기 때문에 그들은 죽음과 다름없는 상황을 외면하기 위하여 게임이나 말장난을 할 수밖에 없는 것이다.

(긴 침묵)
블라디미르: 무슨 얘기라도 좀 해봐!
에스트라곤: 하려는 중이야.
　　　(긴 침묵)
블라디미르: (고뇌에 차서) 무슨 얘기라도 좋으니까 좀 해보란 말야!
에스트라곤: 우린 지금 뭐하는 거지?
블라디미르: 고도를 기다린다구?
에스트라곤: 고도를 기다린다구? 아!
　　　(침묵)
블라디미르: 끔찍하군.

[Long silence]
Vladimir: Say something!
Estragon: I'm trying.
　　　[Long silence]
Vladimir: [in anguish] Say anything at all!
Estragon: What do we do now?
Vladimir: Wait for Godot?
Estragon: Wait for Godot?
Estragon: Ah!
　　　[Silence]
Vladimir: This is awful! (pp.57-58)

베케트는 『고도』를 통해서 부조리한 상황을 제시하면서 인간의 존재양식으로서 반복적인 언어유희로 이어지는 희극적인 분위기를 연출했다. 여기서 언어는 의사소통의 수단으로서의 본질적 기능에서 떠나 침묵을 벗어나는 수단으로 이용될 뿐이다.

베케트의 초기극은 따라서 겉으로는 희극적이지만 그 희극 뒤에 아무런 비전이 없다는 점에서 비극적이다. 그래도 『고도』는 나와 타자 사이의 언어적 유희는 가능성으로 남아 있는 상호공존의 구조라면 이후의 작품들은 한 인물만의 주관적인 구조로 바뀌게 된다. 그리고 이러한 형식의 변화는 곧 베케트 언어에 대한 인식의 변화를 의미하는 것이다.

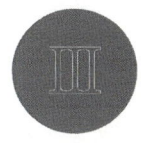

불완전한 존재: 불완전한 도구

『엔드게임』(*Endgame*)에 등장하는 함(Hamm)에게서 예감되던 독백[1]이 『행복한 나날들』(*Happy Days*)에서는 구체화되는 단계로 접어든다. 설명을 하는 것이 아니라 즉시적으로 보여주고 들려주는 연극의 특성을 이용한 베케트의 연극 세계를 이해하기 위해서 우선 무대장치의 묘사는 중요한 의미를 갖는다.

흙더미의 언덕 나지막한 부분에 시든 풀이 널려있다. 무대의 양 옆과 앞부분에도 경사가 완만하게 되어있다. 무대 뒤 쪽 편은 무대 면까지 급경사이다. 단순성과 대칭성이 극대화된 무대이다. 작열하는 태양. 실물 같

---

1) 『엔드게임』(*Endgame*)에는 함(Hamm)과 클롭(Clov)이 서로 대화의 상대로 등장하지만, 서로 의사소통이 이루어지지 않아 클롭이 사라지고 없는 방에서 함이 휠체어에 앉아 "피 흘리던 늙은 인간아! (침묵) 너만……남는구나. (Old Stancher! [Pause.] You……remain. [Pause.])"의 대사로 극이 종결되어, 독백의 단계로 이행될 조짐을 보인다. S. Beckett, *The Complete Dramatic Works of Samuel Beckett* (London: Faber & Faber, 1986), p.134. 앞으로 베케트 작품의 인용은 이 책에 의거해 각주를 생략하고 인용문 뒤에 페이지수만 표기한다.

은 착각을 일으키게 하는 진부한 뒷면의 그림 상으로, 저 멀리 죽 연결된 평원과 하늘이 만나고 있는 모습이 보인다. 정확히 언덕의 중앙에 허리까지 파묻힌 채 있는 위니. 나이는 50세 가량. 정돈이 잘 된 멋있는 블론드 머릿결이면 더 좋다. 뚱뚱한 몸매. 양팔과 어깨는 드러나 있고 여성용 조끼차림, 커다란 젖가슴. 진주목걸이. 위니는 잠들어 있다. 양팔을 자기 앞쪽 땅바닥에 늘어뜨리고 머리는 팔 위에 얹은 채. 그녀 옆 땅바닥 왼편에 널찍한 검은 가방 하나. 그 안에는 시장에서 살 수 있는 물건들이 들어있다. 오른편에는 찌부러진 접는 양산이 있어 자루가 삐죽이 나와 있음을 볼 수 있다. 그녀의 오른편 가까이에는 언덕에 가려진 채 바닥에 누워 잠들어 있는 윌리.

Expanse of scorched grass rising centre to low mound. Gentle slopes down to front and either side of stage. Back an abrupter fall to stage level. Maximum of simplicity and symmetry.

Blazing light.

Very prompier trompe-l'oeil backcloth to represent unbroken plain and sky receding to meet in far distance.

Embedded up to above her waist in exact centre of mound, Winnie. About fifty, well-preserved, blonde for preference, plump, arms and shoulder bare, low bodice, big bosom, pearl necklace.

She is discovered sleeping, her arms on the ground before her, her head on her arms. Beside her on the ground to her left a capacious black bag, shopping variety, and to her right a collapsible collapsed parasol, beak of handle emerging from sheath.

To her right and rear, lying asleep on ground, hidden by mound, Wille. (p.138)

에슬린(Martin Esslin)의 지적처럼 베케트 작품에서는 형식이나, 구조, 그리고 분위기는 작품의 의미나 개념적인 문맥과 분리할 수 없다.2) 이 지문에서 베케트가 지시하고 있는 사항들은 부조리한 실존의 상황을 암시해 준다.

에디스 케른(Edith Kern)도 이 작품의 무대를 다음과 같이 이해했다.

　　작열하는 태양 아래 위니가 흙더미에 반쯤 묻혀 있고 윌리는 보이지 않게 등을 위니에게 보이고 있는 이 극의 배경은 나에게는 하이데거 철학 개념인 Gewortenbeit 즉, 우주 속, 황량한 소외 속에 내던져진 인간상황의 결정체처럼 여겨졌다.

　　The play's setting-Winnie alone under a scorching sun, half-buried in a mound of earth, and Willie invisible to her and with his back turned toward her-seemed to me a concretization of the Heideggerian concept of Gewortenbeit, that is, of man as "thrown" into the universe and into desolate isolation.3)

　　이 극은 작열하는 태양과 무덤을 상징하는 흙더미에 매몰된 자세, 그리고 대화 상대인 남편은 나타나지 않는 피투성(thrown-out)의 존재상황 속에서 극이 전개되는데, 이와 같은 상황 설정은 베케트의 작품들에 공통적으로 나타난다. 대표적인 예로 『대사 없는 막Ⅰ』(*Act without Words Ⅰ*)이라는 작품도 이 작품과 거의 흡사한 상황 속에서 전개된다.

　　사막, 눈부신 조명. 한 남자가 오른쪽 윙(wing)으로부터 무대위에 뒤로 내동댕이쳐져 나동그라진다.
　　곧 일어선다. 먼지를 턴다. 돌아선다. 생각에 잠긴다. 오른쪽 윙으로부터 호각소리.

---

2) Martin Esslin, *The Theatre of the Absurd.* 2nd ed., (Harmonsworth: Penguin Books Ltd., 1968), p.34.
3) Edith Kern, *Existential Thought and Fictional Technique: Kierkegaard, Sartre, Beckett* (New Haven and London: Yale University Press, 1970), P.169.

그는 잠시 생각하다가 오른쪽으로 나간다.
그와 동시에 무대로 다시 튕겨져 나와 나동그라진다. 즉시 일어선다.
먼지를 턴다. 생각에 잠긴다.
왼쪽 윙으로부터 호각소리.
그는 잠시 생각하다가 왼쪽으로 나간다.

Desert, dazzling light. The man is flung backwards on stage from right wing.
He falls, gets up immediately, dusts himself, turns aside, reflects.
Whistle from right wing.
He reflects, goes out right.
Immediately flung back on stage he falls, gets up immediately, dusts himself, turns aside, reflects.
Whistle from left wing.
He reflects, goes out left. (p.203)

사막 한가운데 내던져진 주인공은 영문도 모른 채 어리둥절해 있다가 일어서서 생각에 잠긴다. 그리고 뒤에서 들려오는 호각소리에 따라 무대 위에서 나뒹굴고, 또 생각에 잠기곤 하는 행동을 반복함으로써 주인공은 동기를 알 수 없는 습관적인 행동을 하며, 생각하는 존재(Homo Sapiens)의 기이한 이미지를 보여준다.

베케트의 연극무대는 불완전한 존재의 상황을 있는 그대로 보여준다. 『고도를 기다리며』(*Waiting for Godot*)에서는 황량한 공간에 나무 한 그루(A country road, A tree. Evening.)(p.10)만 서 있는 시골길이 끝이 보이지 않고 계속 이어지기 때문에 연극적 공간을 넘어서는 무한한 공간을 의미하고, 『엔드게임』(*Endgame*)에서는 잿빛 조명이 비추는 텅 빈 실내에 두 개의 조그만 창이 높이 달려 있고, 창이 커튼으로 가려진 이 실내는(Bare interior, Grey light, Left and right back high up, two small windows, curtains drawn, ……)(p.92) 폐

쇄된 곳으로 감옥을 연상시킨다. 그러나 극한적인 성격의 무대공간은 이 작품에서 더욱 심화되어 육체가 움직일 수 있는 가능성은 사라진 채, 주인공은 허리까지 무덤과 같은 흙더미(mound)에 묻힌다. 게다가 허리 윗부분은 지옥의 불길을 연상시키는 태양열(blazing light)에 노출되어 있다. 무대공간 자체가 부조리한 존재 상황의 상징인 것이다.

한계적인 존재 상황의 상징적 설정을 통해서 베케트는 존재와 언어의 관계를 포함한 언어의 한계문제를 드러내고자 한다. 2막으로 이루어진 이 극의 1막에서 주인공 위니(Winnie)는 허리까지 매몰되어서 팔과 머리를 움직일 수 있었으나, 2막이 되면 목까지 땅에 갇힌 형상으로 나타나서 눈동자를 제외하고는 그 어느 것도 움직일 수 없게 된다. 움직일 수 없는 위니에게 있어서 그녀의 존재여부를 확인하게 해주는 수단은 입을 통한 말뿐이다. 그런데 위니의 대화 상대인 남편 윌리(Willie)는 무대상에 모습을 드러내지 않은 채 단순히 보조적인 역할에 제한되어 있어서 위니의 진정한 대화 상대는 되지 못한다. 이 부부 이외에도 극을 구성하는 또 하나의 사물적 인물로 부부를 깨우는 벨소리를 들 수 있다. 이 벨소리로 인해 위니는 잠에서 깨어 그녀의 일상적인 말을 시작하게 된다. 이것은 『대사 없는 막Ⅰ』의 호각소리나 『발자국 소리』(*Footfalls*)에서 울리는 챠임벨 소리와 같은 역할을 하는 것으로 후기극에서 나타나는 시청각 효과가 이미 이 극에서부터 시작되고 있음을 알 수 있다. 극의 주인공인 위니는 음향매체에 불과한 벨소리에 따라 잠을 깨고, 또 벨소리를 신호로 해서 말과 움직임을 시작하는 수동적 존재이다. 주인공의 몸이 땅속에 묻혀 있고 또, 그녀의 남편은 흙더미 뒤쪽에서 모습을 드러내지 않는 무대장면으로 인해 사실주의 연극양식에 익숙해져 있는 관객들에게 1961년 9월 17일 뉴욕의 채리래인 극장(Cherry Lane Theatre)에서의 초연은 새로운 경험이었으리라고 짐작된다.

이 극의 첫 장면은 언뜻 보면 평범한 부부의 잠자리를 연상시킨다.

허리까지 흙더미에 갇혀 있는 모습은 이불을 덮고 있는 것처럼 느껴지고, 날카로운 벨소리에 의해 위니가 눈을 뜨며 잠을 깨는 것은 자명종시계에 맞추어 아침에 기상하는 장면이 연상된다. 깨끗하게 정돈된 금발머리에 뚱뚱한 몸매, 거기에 진주목걸이까지 하고 있는 그녀의 모습과 흙더미에 갇혀서 꼼짝할 수 없는 모습, 그리고 이불을 덮고 있는 것 같은 일상적인 모습으로 장면의 전환이 일어나 충격적인 장면과 낯설지 않은 장면이 서로 병치되어 있음을 알게 된다.

제임스 놀슨(James Knowlson)도 햇빛 아래 주인공이 흙무덤을 덮고 잠들어 있는 장면에서 느끼게 되는 정적과, 그 정적을 깨는 날카로운 벨소리, 또 인간이 석고로 고정된 것과 같은 무대장면과 평범하고 일상적인 요소들이 병치되는 데서 오는 극적 효과에 대해 다음과 같이 언급했다.

> 「행복한 나날들」에서 놀라운 장면과 일상을 나란히 제시함으로서, 베케트는 익숙한 무대나 관습적인 상황에 의해 생기는 확신이나 심지어는 안도감이 주는 편안한 감정까지도 깨뜨린다. 그리고 가장 간단하지만 가장 대담한 방법들로 베케트는 20세기 드라마 이론가인 안톤 아르또가 권고한 정말로 진지한 극이 당연히 해야 하는 바를 해낸다. 즉, 쉽고도 합리적인 모든 설명을 제거해 버린 현실로, 그리고 위니는 바로 그곳(there)에 있고, 어떻게 존재 하는가 라는 사실을 제외하고는 적절한 해결책이 있을 수 없다는 것을 관객에게 직접 접하게 하여 목적을 이루면서 동시에 관객에게 심각하고, 좀더 예리한 이해력을 불러일으킨다.

> By juxtaposing the surprising and the everyday in *Happy Days*, Beckett is thus able to break through that bland sense of reassurance, even complacency, which is engendered by a familiar setting and a conventional situation. And by the simplest and yet the boldest of means, he manages to arouse in the spectator a 'deepened and keener perception'-achieving what the twentieth-century dramatic

theorist, Antonin Artaud, had recommended what a truly serious theatre should do-by confronting him directly with a reality that eludes all easy rational explanation and with a dramatic situation to which there can be no adequate solution, except that Winnie is there and that is "how it is."[4]

베케트는 이러한 무대장치를 통해서 사실적인 무대와 관습적인 상황에 길들어 있는 관객들이 이제까지 갖고 있던 확신이나 안도감을 깨뜨리려고 한다. 제임스 놀슨은 이 극을 보면서 관객들이 일상에 안주해 있는 타성에서 벗어나 자신이 처해 있는 상황도 무대에 등장한 위니의 상황처럼 서서히 무덤이 상징하는 죽음으로 다가가고 있다는 삶의 본질을 깨닫게 해주는 연극적 경험(theatrical experience)[5]을 하게 된다고 보고 있다.

그리고 이와 같은 무대상황 설정을 통해서 죽음을 향해서 움직이는 인간존재의 상황뿐만 아니라, 막이 내리고 난 이후의 장면까지도 예견할 수 있게 된다. 1막에서 허리까지 흙더미에 묻혀서 위니가 2막으로 가면 목까지 차오른 상태로 등장한다. 극은 여기에서 막이 내리지만, 만약에 3막이 이어진다면 머리까지 흙더미에 묻히게 되리라는 것을 예측할 수 있다. 도허티(Doherty)도 3막이 계속된다면 위니의 입은 흙더미에 묻혀서 침묵하게 되지만 의식은 계속 살아 있으리라고 예측했다. (Doherty suggests there is a third act implicit in the structure-silence-where the mouth is buried but the mind still made to think.)[6] 타성적으로 습관화된 언어행위에서 존재의 본질에

---

4) James Knowlson, "Afterward", *Happy Days: A Bilingual Edition* (London: Faber & Faber, 1978), p.98.

5) James Knowlson(1978), p.96.

6) Beryl Fletcher, J. Fletcher, B. Smith and W. Bachem, *A Student's Guide to the Plays of Samuel Beckett* (London: Faber & Faber, 1978), p.138.

대한 인식은 지연되었지만, 반대로 침묵의 상태에서는 존재에 대한 의식이 깨어 있을 수 있다.

결국 의식만 비정상적으로 살아 있는 존재의 상황은 둥그런 흙무덤이 상징하듯이 순환의 고리 속에서 끝없이 되풀이될 수밖에 없는 것을 베케트는 보여준다. 이 극은 날카로운 벨소리가 두 차례 울리고 난 후에 시작한다. 이 극에서 벨소리는 인간에게 행동을 유발하게 하는, 인간의 능력으로는 어쩔 수 없는 외부적 압력으로서의 역할[7]을 한다. 이는 베케트가 언어로 표현해 낼 수 없는 상황을 전달하기 위해 도입한 시청각 효과로, 『연극』(*Play*)에서는 죽음과 같은 침묵에 빠져 있던 세 명의 인물들이 자신의 머리 위에 조명(Spotlight)만 비추면 말하기 시작하는 것이라든지, 『발자국 소리』(*Footfalls*)나 『대사 없는 막Ⅰ, 막Ⅱ』(*Act without Words Ⅰ, Ⅱ*)에서 챠임벨소리와 호각소리에 의해 인물들이 조종되는 후기극 상황의 시초를 이 극은 보여주고 있다.

벨소리와 함께 잠에서 깬 위니의 대사의 첫마디는 "천국과 같은 날 (Another heavenly day)"(p.138)이다. 휴식을 취할 수 있는 어둠이 배제된 채, 뜨거운 낮만 계속되는 상황에서 위니는 하루를 시작하려고 일어난다. 베케트 극에서는 낮／밤, 빛／어둠, 존재／부재, 삶／죽음, 움직임／부동성 등의 이분법이 해체되어 있는 것처럼, 이 극도 낮만이 계속되는 공간으로 제시된다.

베케트 작품에서 어둠(밤)은 실존 이전의 상징역할을 한다. 즉, 현실적 실존 이전의 환경인 어머니 자궁 속으로의 회귀욕망의 표출인 것이다. 이는 『고도』에서 에스트라곤이 자주 잠자기를 원한다든지, 태아의 자세로(His head between his knees)(p.64) "잠을 잘 수만 있다면(If I could only sleep)"(p.64) 하고 바라는 것과 같은 맥락이다.

---

7) P. H. Collins, "Proust, Time, and Beckett's *Happy Days*," in *Modern Drama* 6 (1963), p.109.

모태는 베케트의 인물들에게 자유로운 공간일 수 있다. 베케트의 최초의 라디오 방송극인 『쓰러지는 모든 사람들』(*All that Fall*)에 등장하는 루우니 부인(Mrs. Rooney)이 "아, 쇠똥처럼 길바닥에 깔려서 더 이상 움직이지 않았으면, 먼지와 파리로 뒤덮인 커다란 쇠똥이 되면 누가 삽으로 덥석 떠갈 테지"(p.174)라며 어떤 행위도 하지 않는 퇴행현상을 바라는 것도 비슷한 이유 때문이다.

베케트 극 가운데 중기에 해당되는 이 극은 밤이라는 시간 개념이 제거된 상황 속에서 전개되는데, 위니는 무모하게 "시작하자구, 위니.(침묵.) 너의 하루를 시작하는 거야, 위니. (Begin, Winnie. [Pause.] Begin your day, Winnie.)"(p.138)라고 말하며 하루의 시작을 설정하려고 시도한다. 유진 웹은 위니의 이러한 행동은 인간이 질서 없이는 살지 못하기 때문이라고 파악하고 있다. 유진 웹에 따르면 인간은 시작과 끝이 있는 시간의 질서 속에서 살아야 하기 때문에 위니의 행동은 중요하다.

> 위니가 그녀의 경험을 "하루"로 하고 싶어 한다는 사실은 중요한 점이다. 인간은 질서 없이는 살 수가 없고, 따라서 시간 계획이 없는 세상에서 인간은 그 자신이 스스로 만든 패턴을 부과하게 될 것이다. 이제는 더 많은 날들은 없고, 그녀가 하루하루를 메꿔 나가느라 분주하지 않을 때 그녀는 이와 같은 것을 깨닫게 된다. 그녀는 "매일 매일" 식탁용 큰 숟가락 여섯 개 분량을 먹으라고 써있는 약병의 설명서를 보게 될 때 "이 낡은 방식이라니" 라고 말한다. 그녀가 지금 살고 있는 세상에서 "하루 종일" 이라는 의미는 그저 잠을 깨워주는 벨 소리와 취침을 알리는 벨 소리 사이만을 나타낼 뿐이다.

> The fact that Winnie wants to make her experience a "day" is significant. Man cannot live without order, and in a world without a time scheme he will impose a pattern of his own making. There are

no more days now, and when she is not busy making them up she
knows this. "The old style", she says at one point when she sees
the label on her medicine bottle telling her to take six level table
spoons "daily". "All day long" in the world she lives in now means
only "between the bell for waking and the bell for sleep."[8]

위니는 "하루 종일 난 무엇을 해야 될까? 잠에서 깨어나라는 벨소리
와 그만 잠을 자라는 벨소리가 울리는 그 사이 하루 왼종일 말
야?"(p.45)라고 말한다. 위니는 또 "인간이 해야 될 일이 뭘까? 하루
종일, 하루 또 하루, 옛날 방식"(p.156) 등의 대사를 말하면서 하루라
는 시간의 단위를 의식하려고 애를 쓴다. 그러나 "종이 울리려면−얼
마 안 남았어"(p.158)라는 위니의 기대는 어둠의 도래를 암시하는 벨
소리가 다시 울리지 않음으로 해서 이루어지지 않는다. 위니가 원하는
"영원히 잠이나 자게 되는"(p.139) 신의 "놀랄 만한 선물"(p.139)은 그
저 바람으로 그치게 되고, "잠이나 좀 잤으면"(p.139) 하는 대사를 되
풀이하여 그 의미 자체를 무의미하게 만들어놓는 효과를 유발할 뿐이
다. 머리 위의 태양(조명)과 땅 밑의 중력의 대립이 상징하는 존재의
자기분열적 상황에도 불구하고 위니는 자신이 처한 상황을 그대로 받
아들인다. 어둠도 없이 계속되는 지옥과 같은 폭염의 하루를 "천국과
같은 날(Another heavenly day)" 또는 제목이 시사하는바 "행복한 나
날들"(a happy day)이라고 생각한다. 위니가 자신이 처한 상황을 당연
하게 받아들이는 태도는 여러 군데 나타난다. 위니는 안경을 닦다가
잠들기를 바라지만, 곧 자신의 상황에 대하여 다음과 같이 말한다.

> 위니 :⋯⋯잠만 잘 수 있다면─(손수건을 접으며)─아 , 그거 참─
> (손수건을 조끼 주머니에 도로 넣는다.)─불평을 할 수야 없지.
> ─(안경을 찾는다)─안 되지 안돼─(안경을 집어든 뒤, 렌즈를

---

8) Eugene Webb, *The Plays of Samuel Beckett* (Seattle: University of Washington
Press, 1974), p.92.

통해 바라본다)―아무런 고통도 못 느끼는 것에 대해 감사를
―(다른 렌즈를 통해서 쳐다보며) 어떤 고통도 (안경을 쓴다)
거의 없다는데 대해서―(칫솔을 찾는다.)―놀라운 물건이야―
(칫솔을 집어 들며)― 세상에 이런 물건도 없어……

Winnie: ……wish I had it-[folds handkerchief]-ah well-[looks for specta-
cles]-no no-[takes up spectacles] mustn't complain-[holds up
spectacles, looks through lens]-so much to be thankful for- [looks
through other lens]-no pain-[puts on spectacles]-hardly
any-[looks for toothbrush]-wonderful thing that-[takes up too-
thbrush]-nothing like it……(p.140)

뉴욕에서 이 작품이 초연되었을 때 『타임』(Time)이 이 극을 좌절감
에 빠진 한 낙관주의자의 초상을 그린 극9)이라고 평한 것처럼, 위니
는 존재에 관한 특정한 의식을 갖지 않은 채 살아간다. 그리고 남편
윌리는 불가능한 대화 상대이지만, 그의 존재 자체만으로도 자신의
행복에 기여한다고 위니는 생각한다.

위니: ……당신이 여느 때처럼, 어쩌면 정신을 가다듬고서, 그리고
이 모든 것을 이 가운데 얼마간을 귀담아 들으며 거기 있다
는 것이 얼마나 기쁜지 모르겠어요. 정말 행복한 날이에요…
행복한 날이 돼 있을 거예요. (사이) 마지막 순간까지 (사이)

Winnie: ……Ah well what a joy in any case to know you are
there, as usual, and perhaps awake, and perhaps taking all
this in, some of all this, what a happy day for me……it
will have been. [Pause] So far. [Pause] (P.152)

---

9) B. Fletcher (1978), p.136.

블라디미르와 에스트라곤이 고도를 기다리며 정체된 삶을 유지해
간다면, 위니는 일상적인 소지품들을 반복적으로 매만지며 존재의 인
식을 지연시킨다. 그녀는 벨소리와 함께 감사의 기도를 한 후 가방
안에서 치약을 꺼내고, 칫솔, 안경, 손수건, 양산 등을 차례로 집었다
가 놓으면서 지루한 시간을 메워 나간다. 베케트는 『프루스트』
(*Proust*)에서 그의 극의 대부분을 구성하고 있는 언어의 유희나 반복
된 행위 등은 일시적인 진통제 역할을 하고 있음을 밝힌 바 있다.

　　습관이란 개인을 구성하는 무수히 많은 주체들과, 셀 수 없이 많은 관
계를 맺고 있는 물건들 사이에 체결된 약속에 대한 포괄적인 용어이다.
습관화된 적응을 하지 못하게 하는 변화의 시기는 잠시 동안 삶의 권태
가 존재의 고통으로 대치 될 때 사사롭고, 위험하며, 불확실하고, 고통스
럽고, 신비하며 창의력이 풍부한 삶에서 위험 지대에 해당된다.

　　Habit then is the generic term for the countless treaties concluded
between the countless subjects that constitute the individual and their
countless correlative objects. The periods of transition that separate
consecutive adaptation represent the perilous zones in the life of the
individual, dangerous, precarious, painful, mysterious, and fertile,
when for a moment the boredom of living is replaced by the
suffering of being.[10]

위니는 안경을 닦고, 화장을 하고, 손톱을 손질하는 등, 정체된 삶
에 대응하려고 하지만, 관객들은 가방에서 물건을 꺼내고, 집어넣고
꺼내는 일련의 반복행위를 보면서 오히려 삶의 정체성을 느낄 뿐이다.
그녀는 "살려는 의지, 고통받지 않으려는 의지(the will to live, the
will not to suffer)"[11]를 표출하기 위해 타성에 젖은 행위를 반복하

---

10) Samuel Beckett, *Proust* (New York: Grove Press, Inc., 1931), p.8.

며 존재의 인식을 지연시키는 것이다.

베케트는 일상적인 사물들을 위니의 상황을 효과적으로 드러내는 도구로 사용한다. 위니가 만지작거리는 일상적인 사물들은 소모품들이다. 게다가 그 물건들은 거의 닳아서 없어진 형상으로 무대 위에 제시된다. 거의 다 쓴 치약(p.139), 거의 텅 빈 약병(p.141), 거의 다 쓴 립스틱(p.141)은 위니의 한계에 이른 삶에 대한 상징이다.

이와 같이 삶의 정체성이 주는 상황 속에서 위니는 "오늘도 행복한 하루"이고, "불평하지 말아야지."라고 기도를 하며 쉴 사이 없이 말을 한다.

베케트 극의 특징 중의 하나는 주제를 전달하는 방법이다. 베케트는 주제를 직선적으로 드러내는 대신 무대장치, 의상, 소도구, 조명 등을 이용하여 암시하거나, 역설적인 수사법을 활용한다. 위니는 행복하다고 말하지만, 관중은 그 반대의 감정을 느낀다. 그리고 위니의 침묵은 존재에 대한 강하면서도 소리 없는 의문을 제기한다. 그녀는 다음과 같은 불만을 토로한다.

> 위니: ……물론 가방이야 있지. (가방을 바라본다.) 가방. (정면으로 돌아선다.)……그렇지만 무언가가 나를 일깨워 주는데, 위니, 가방을 과용하지마, 물론 활용은 해야겠지…도움이 될 테니까……갖고 있다가, 꼭 필요할 땐 어떡하든 써야 겠지, 그러나 네 마음을 앞으로 활짝 열도록 해. 뭔가가 나를 일깨워 주고 있어. 네 마음을 앞으로 보여 봐, 위니, 말문이 막힐 때를 생각해서 ― (그녀는 눈을 감는다. 사이. 눈을 뜬다.) ― 그러니 가방을 과용하지마. (사이. 가방을 보려고 몸을 돌린다.)

> Winnie: ……There is of course the bag.
>   [Looking at bag] The bag. [Back front]

---

11) *Proust*(1931), p.29.

······But something tells me, Do not overdo the bag,
Winnie, make use of it of course, let it help you······along,
when stuck, by all means, but cast your mind forward,
something tells me, cast your mind forward, Winnie, to
the time when words must fail-[She closes eyes, Pause,
opens eyes]-and do not overdo the bag. [Pause. She turns
to look at bag.] (p.151)

위니는 가방 속의 일상적 사물들에 자신의 의식을 투사하여 자신의
정체감을 의식하지 않으려 한다. 그러나 이 일상적 사물들은 곧 닳아
없어질 소모품들이다. 다시 말해 일상적 사물에의 의식의 투사는 지
속될 수 없고 존재의 의식이나 인식은 결국 피할 수 없는 것이다. 그
래서 위니는 스스로 가방을 혹사시키지 말 것을 다짐한다. 정체된 삶
속에서 습관적으로 반복되는 행위는 위니를 문제적인 존재 상황에서
구출해 주는 것이 아니라, 이 일상적 사물들처럼 소모적인 본질을 확
인시켜 줄 뿐이다. 위니도 그러한 사실을 알고 있다.

위니: ······(치약 튜브를 살펴보며, 미소를 거둔다.) — 다 썼네. —
(치약 뚜껑을 찾는다.) — 그저 오래된 버릇이라니 — (치약
튜브를 내려놓는다.) — 또 다시 오래 된 버릇 좀 봐 — (가
방 쪽으로 몸을 돌리며.) — 도대체 고쳐지질 않는 다니까 —
(가방 안을 뒤진다.) —고쳐질 수가 없지....

Winnie: ······[examines tube, smile off]-running out-[looks for cap]······
just one of those old things-[lays down tube]-another of those
old things-[turns towards bag]-just can't be cured-[rummages
in bag]-cannot be cured······.(p.139)

시간의 흐름은 정지되어 있고, 움직일 수 있는 가능성도 없는 상황

속에서 위니가 살아 있음을 의식할 수 있는 길은 언어행위밖에는 없다. 그리고 관객들은 위니의 이러한 말에 관심을 집중한다.

극 전체가 2막으로 구성되어 있다고는 하지만 2막은 1막의 반복이다. 베케트 극에 나타난 반복적인 언어행위는 죽음의 상태에서도 의식을 잠재울 수가 없고, 그래서 끝없이 과거의 기억을 떠올리면서 자아를 추적하고, 현 상황을 지탱시켜 나가는 인물들의 상황을 드러낸다. 베케트가 인간의 언어행위에 대해서 갖고 있는 비관적 시각은 인물들이 처음에는 언어의 한계를 탈피하려는 적극적인 태도를 보이다가 불가능함을 깨닫고 자신이 처한 상황을 수용하는 태도로 심화된다.

위니는 흙더미가 상징하는 존재의 압박을 견뎌내려고 한다. 1막에서 위니는 윌리를 상대로 쉼 없이 말하는 일과, 검은 가방 속에 들어 있는 소지품들을 꺼내서 만지작거리며 지루한 시간을 메워 나간다. 우선, 남편이라는 관계로 설정되어 있는 윌리는 위니의 대화 상대자가 될 것이라는 관객들의 예측과는 달리 모습조차 드러내지 않기 때문에, 위니는 더욱더 대화의 갈증에 시달린다. 베케트는 초기극인 『고도』와 『엔드게임』에서 인물들을 둘씩 짝을 지어 등장시켜서 언어유희의 상대자가 되는 존재의 유형을 제시했는데, 이 극에 들어오면서부터 형식을 독백의 구조로 변화시킨다. 이러한 형식의 변화에 대하여 막스 위시스크(Max M. Wycisk)는 다음과 같이 말한다.

> 이 극이 나타내는 것처럼 드라마 작가로서 베케트의 변화는 대화에서 독백으로 꾸준히 변화해 나갔다. 「행복한 나날들」은 외향적으로는 대화의 방식을 유지하고 있는 것 같지만, 거의 완전한 독백 형식의 극이다.

> Beckett's movement as a dramatist has, as this indicates, been steadily away from dialogue and toward monologue. *Happy Days* manages to preserve the appearance of dialogue, but is nearly wholly monologue.[12]

이 극도 베케트의 대표적인 초기 극들처럼 2인극이지만, 사실상 대부분의 대사는 위니의 독백으로 이루어져 있어서 1인극이나 다름없다. 형식상의 문제에서 본다면, 이 작품은 베케트 극에 있어서 과도기적인 성격을 띠고 있다고 볼 수 있다. 베케트는 부조리한 존재 상황에서는 의사소통이 불가능하다고 보기 때문에, 그의 극은 시간이 지남에 따라 독백극의 형식을 채택한다.

이와 같은 1인극의 경향은 『연극』(*Play*)에서 완성된 형식을 갖추게 되고, 『나는 아니야』(*Not I*), 『발자국 소리』(*Footfalls*), 『자장가』(*Rockaby*) 그리고 『독백 한마디』(*A piece of Monologue*) 등의 후기 극에 이르면 더욱 심화된다. 이 극에서도 초기극처럼 삶의 정체성을 피하려고 상대와 함께 언어의 유희를 즐기고자 하나 상대 윌리는 그런 역할을 수행하지 못하고 있다.

이 부부에게 있어서 대화는 무의미하고, 위니는 "황야에서 울부짖는 것"처럼 혼자 말한다.

> 위니: ……아, 그래, 나 혼자 있는 것을 견딜 수만 있다면, 듣는 사람이 단 한 명 없이도 귀신 씨나락 까먹는 소리를 계속 지껄여 댈 수 있다면 있다면 말야. (사이.) 내가 수다를 떨고 있다고 해서 당신이 열심히 듣고 있는 것도 아니야. 아니구 말구 윌리. 결코 그럴 필요 없어요. (사이.) 단 한마디도 듣지 않는 날도 많겠지. (사이.) 그렇지만 당신이 대꾸하는 날도 있어. (사이.) 당신이 대꾸를 하지 않고, 또 아무 소리도 듣지 못한다 해도, 그래도 뭐라도 듣게 마련이고, 그렇기 때문에 나 역시 이렇게 계속 지껄여 댈 수 가 있는 거겠지. 나는 내 자신에게게만 얘길 하는게 아니에요. 그렇다면 그거야 말로 황야에서 혼자 울부짖는 것이나 다름없고, 그럼 그 시간이야 얼마가

---

12) Max M. Wycisk, *Language and Silence in the Stage Plays of Samuel Beckett and Harold Pinter* (Ann Arbor: University Microfilms International, 1972), p.29.

됐건 ― 견딜 수 없는 일이잖아. (사이.) 내가 이 짓을 계속
할 수 있는 이유가 그거예요. 계속 지껄일 수 있는 이유가 그
거라구. (사이.)

> Winnie: ……Ah yes, if only I could bear to be alone, I mean
> prattle away with not a soul to hear. [Pause.] Not that I
> flatter myself you hear much, no Willie, God forbid.
> [Pause.] Days perhaps when you hear nothing. [Pause.]
> But days too when you answer. [Pause.] So that I may
> say at all times, even when you do not answer and
> perhaps hear nothing, something of this is being heard, I
> am not merely talking to myself, that is in the wilderness,
> a thing I could never bear to do-for any length of time.
> [Pause] That is what enables me to go on, go on talking
> that is. [Pause.] (p.145)

위니는 윌리가 대꾸하지도 않고, 자신의 말에 귀를 기울이지 않아
도 윌리가 들어주리라는 생각을 하고 계속 말을 이어나간다. 이 극에
서 윌리는 진정한 대화의 상대가 되지 못하지만, 위니로 하여금 계속
해서 말을 지속하게 하는 동인이다. 말하는 그 자체에 의미를 부여하
고 있는 위니는 자신의 존재를 증명해 주는 언어를 잃고 침묵의 상황
에 빠질까봐 두려워하고 있다. (It is part of the point that Winnie
is talking for talking's sake. She is afraid of silence, afraid of the
vacuum.)13)
극이 진행되어 갈수록 자신이 처해 있는 상황이 더욱 악화되자,
위니는 윌리가 언젠가는 영영 자기 곁에서 사라질지도 모른다는, 그
리하여 침묵의 시간을 맞이해야 할지도 모른다는 두려움을 자주 토

---

13) Ronald Hayman, *Samuel Beckett* (New York: Frederick Ungar Publishing Co.,
   1973), p.95.

로한다. "이제 다시는 내게서 도망하지 말아요. 제발, 당신이 필요할지도 모르니까요(Don't go off on me again now dear will you please, I may need you.)"(p.141)라는 그녀의 애원은 그녀가 부르면 대답할 수 있는 거리에 윌리가 있고, 또 자신이 묻는 말에 대해서 대답해 주기만을 바라는 소망에 한정된다.

> 위니: ……내가 필요한 모든 것, 당신이 부르면 대답할 수 있는 거리에 있고 내가 묻는 모든 것에 대해서 대꾸할 수 있으리라는 것을 느낄 수만 있으면 족해요. 당신이 들어 주기를 내 자신 원치 않거나 당신에게 고통을 줄 것 같으면 아무 말 않겠어요. 알지 못하는 것이나 뭔가 내 자신을 괴롭히는 그런 얘기는 아무런 대책 없이 무작정 수다를 떨지는 않겠어요.

> Winnie: ……all I need, just to feel you there within earshot and conceivably on the qui vive is all I ask, not to say anything I would not wish you to hear or liable to cause you pain, not to be just babbling away on trust as it is were not knowing and something gnawing at me.(p.148)

위니는 간곡하게 그렇다, 아니라는 단답형 대답정도만을 윌리에게 요구(I beseech you, Willie, just yes or no, can you hear me, ……)한다. 위니에게 겨우 가능한 존재의 증표는 일상적 사물로서의 가방과, 그녀의 무의미한 언어행위이다. 그리고 윌리와의 불완전한 대화는 위니의 무의미한 언어행위와 함께 침묵 속에 빠지게 된다.

> ……하루 종일 말야. (앞을 응시하며 다시 입을 오므린다.) 그럴 순 없어. (미소를 짓는다.) 암, 그럴 순 없지. (미소 사라진다.) 물론 가방이 있기는 해. (가방 쪽으로 몸을 돌린다.) 가방은 늘 저렇게 있겠지. (정면으로 돌아선다.) 그래, 아마 그럴 거야. (사이.) 당신이 가버린 뒤에도 말예

요, 윌리. (그녀, 그가 있는 쪽으로 약간 몸을 튼다.) 당신 가고 있어요, 윌리, 그렇죠? (사이. 좀더 큰 소리로) 머잖아 당신은 가겠지, 윌리, 안그래요? (사이. 좀 더 큰 소리로) 윌리!

……All day long. [Gaze and lips again.] No. [Smile.] No no. [Smile off.] There is of course the bag. [Turns towards it.] There will always be the bag. [Back front] Yes, I suppose so. [Pause.] Even when you are gone, Willie. [She turns a little towards him.] You are going, Willie, aren't you? [Pause, Louder.] You will be going soon, Willie, won't you? [Pause, Louder.] Willie! (p.148)

위니는 점점 목까지 차오르는 흙더미의 압력 속에서도 태연한 채 언어행위가 가능한 순간까지 말하는 것을 그만두지 않는다. 그러나 표면상으로 가시화된 고통의 무게에 눌려 있으면서도 낙관적으로 표현하는 모순된 태도는 오히려 그녀의 고통의 무게를 가중시킬 뿐이다.

위니는 자신의 상황이나 기분을 자기 식으로 표현해 내지 못하고 문학작품 속의 구절을 인용하든지[14) 또는 자신의 과거를 자주 회상한다.

> 위니 : 내 첫 번째 무도회! (긴 사이) 나의 두 번째 무도회! (긴 사
> 이. 눈을 감는다) 내 첫 키스! (사이. 윌리, 신문을 넘긴다.
> 위니, 눈을 뜬다.) 존슨씨던가, 존 스틴씨, 아니면 존스토운씨
> 라고 해야 될지도 몰라, 짙은 황갈색의 대단히 무성한 콧수
> 염. (경건하게) 생강이나 다름없었지! (사이) 어떤 도구 창고

---

14) 이 작품 중에서 여러 번에 걸쳐 언급되는 "Hail, holy light"는 밀턴(Milton)의 『실락원』에서 인용한 것이고 Webb(1974), p.99., 위니의 대사 "something laughing wild amid severest woe"(p.150)는 토마스 그레이(Thomas Gray)의 싯귀 중의 일부이다. Ruby Cohn, "The Laughter of Sad Sam Beckett" in *Samuel Beckett Now*: *Critical Approaches to His Novels, Poetry, and Plays* (Chicago: University of Chicago Press, 1975), p.196. 이외에도 셰익스피어(Shakespeare)의 『햄릿』(*Hamlet*) 중에서 오필리어와 햄릿의 대사 "woe woe is me" (p.140), "flesh melts……"(p.144) 등도 그 일례가 된다.

안이었어. 허지만 누구네 도구 창고 였더라. 우리집엔 도구 창고가 없었고, 그 분 댁에도 창고 같은 건 없었던 가봐.

Winnie: My first ball! [Long Pause] My second ball! [Long Pause, closes eyes.] My first kiss! [Pause, Willie turns page. Winnie opens eyes.] A Mr Johnson, or Johnston, or perhaps I should say Johnstone. Very bushy moustache, very tawny. [Reverently.] Almost ginger! [Pause.] Within a toolshed, though whose I cannot conceive. We had no toolshed and he most certainly had no toolshed······ (pp.142-43)

위니는 과거를 회상하며 환희에 넘친 표정을 지을 때도 있지만, 그녀가 언급하는 이름이나 장소는 정확한 것이 아니어서, 기억은 자주 끊기고 대사는 침묵에 빠진다. 이와 같이 과거에 대한 기억이 자주 되풀이되고 있는데, 위니는 아무런 의미도 지니지 못하는 과거라는 시간에 얽매인 상태에서 습관적인 언어행위를 반복한다.

이 작품은 베케트의 주된 연극적 기법인 지연과 반복으로 채워져 있다. 낮만이 계속되는 시간의 지연, 또 문학작품의 인용과 겹쳐지는 과거의 현재까지의 이어짐, 위니의 무의미한 언어행위의 반복 이외에, 그리고 또 2막은 전체적으로 1막의 반복형식이어서 위니의 자기투사적인 의식의 순환이라는 주제로 귀결된다.

이와 같이 베케트 극에서 반복기법은 똑같은 상황이 되풀이되고 있다는 데에서 기인하고, 따라서 낮과 밤, 과거와 현재, 미래라는 시간의 구분은 무의미해진다. 그리고 이러한 시간질서의 와해는 무의미한 언어행위의 반복으로 이어지는 것이다.

과거의 경험은 그것을 표현하는 언어행위에 선행한다. 내가 지금 나의 현재를 이야기하는 순간은 항상 과거로 변한다. 즉, 어떠한 사건

을 서술한다는 것은 묵시적으로 그것이 이미 나를 벗어나 과거가 되
었다는 것을 의미하기 때문에 과거는 끊임없이 다시 나타나고, 또 이
야기가 현재를 과거로 변형시키기 때문에 현재, 과거라는 시간 사이
에는 명확한 시간 구분이 없어지고 언어행위도 혼란에 빠지게 된다.
이와 같이 시간적 질서의 상실에 따른 존재의 조건이 베케트 예술의
전제 조건이다. 이러한 문맥에서 위니는 지금까지의 자신과 또, 현재
의 자신의 동일성에 대해서도 혼돈에 빠져서 인간이 말하는 행위에는
진리가 없다(And no truth in it anywhere)고 말하며 자신의 양팔과
젖가슴을 황망히 더듬어보고 자신의 것이 아닌 것 같은 당혹감을 드
러낸다.

> 위니   :인간이 말할 수 있는 것이라고는 거의 없는데. 인간은 그걸
> 다 말해버려. (사이) 할 수 있는 한. (사이) 어쨌든 거기엔 아
> 무 진리도 없어. (사이) 나의 양팔. (사이) 나의 젖가슴. (갑자
> 기 격렬하게 확신에 차서) 나의 윌리! (시선 오른쪽으로, 부
> 른다.) 윌리! (사이. 더 큰 소리로) 윌리! (사이. 시선 정면으
> 로.) 젠장, 알게 뭐야, 정말이지 알게 뭐야, 내가 원하는 건
> 큰 자비뿐이야.

> Winnie: There is so little one can say, one says it all. [Pause.]
> All one can. [Pause.] And no truth in it anywhere.
> [Pause.] My arms. [Pause.] My breasts. [Pause.] What
> arms? [Pause.] What breasts? [Pause.] Willie. [Pause.]
> What Willie? [Sudden vehement affirmation.] My Willie!
> [Eyes right, calling.] Willie! [Pause, Louder.] Willie!
> [Pause. Eye front.] Ah well, not to know, not to know
> for sure, great mercy, all I ask. (p.161)

시간의 질서의 와해는 언어의 무의미로 이어진다. 그러나 라이온스

(Charles R. Lyons)에 따르면 파편적인 단어들 사이에 미묘하게 엮어진 일련의 연결고리는 함축적인 감각에 의존하는 서사를 구성하기도 해서[15] 베케트의 숨겨진 의도에 접근하는 것을 가능하게 해준다.

위니가 일상적인 언어행위를 하는 중에 과거 작가들을 인용하는 것에 대해 곤타르스키(S. E. Gontarski)는 다음과 같이 말한다.

> 문화적 몽타주기법의 창조는 「행복한 나날들」을 만들고 구성해 나가는 절대 필요한 부분이다. 위니가 회상하려고 애쓰는 문학적 인용들의 언급은 그녀의 낡은 스타일, 즉 질서를 유지하기 위한 시도의 일부이다.

> Creation of the cultural montage is an integral part of the making, the shaping of *Happy Days*. The collection of literary allusions Winnie tries to recall is part of her old style, part of her attempt to maintain order.[16]

곤타르스키는 위니가 시간의 질서가 흐트러진 상황 속에서도 하루라는 시간의 단위를 만들어 자신의 경험을 하나의 틀 속에 조직하려고 시도하는 것처럼, 과거 문학작품을 자주 인용하는 것은 작품의 구조 속에 서구사상을 배경으로 해서 삶의 질서를 유지하려는 의도[17]로 파악했다. 그러나 앞에서 살펴본 것처럼 인용은 정확하지 못하고, 불완전한 형태를 이루고 있어서 휴지(Pause)로 자주 중단된다. 이와 같은 기법을 통해서 베케트는 언어의 한계를 드러내면서, 동시에 위니의 의도를 무의미하게 만들어 버린다. 위니가 자신의 경험에 시간적 질서를 부과해서 경험의 의미를 찾으려는 시도는 실패하고, 마치

---

15) Charles R. Lyons, *Samuel Beckett* (London: Macmillan, 1983), p.86.
16) S. E. Gontarski, "Literary Allusions in *Happy Days*", *On Beckett: Essays and Criticism* (London: Grove Press, 1986), p.311.
17) S. E. Gontarski(1986), p.311.

의식을 거행하는 것처럼 일상적인 행동을 하며[18] 쉬지 않고 말함으로써 정체된 상황을 벗어나려는 시도도 실패한다.

2막은 1막과 비슷한 상황으로 전개된다. 다만 위니를 누르고 있는 흙더미가 목까지 차올라 눈만 움직일 수 있는 상황 속에서 휴지 (Pause)가 암시하는 침묵의 시간은 1막보다 더 잦아지고, 긴침묵 (Long Pause)도 자주 삽입된다. 위니는 태연한 것처럼 보이기도 하지만 긴 침묵은 존재의 부조리한 조건이 암시하는 인식의 문제를 회피할 수 없게 만든다.

> 위니:　……행복한 기회. (사이) 아, 그래, 커다란 행운, 커다란 행운이예요. (사이) 헌데 지금은?(긴 사이) 얼굴. (사이) 코. (곁눈질로 아래를 쳐다본다.) 난 그걸 볼 수가 있어…(곁눈질로 아래를 본다.)……코 끝……콧구멍 두 개……생명의 숨결……당신이 그토록 찬탄해 마지않던 곡선……(입술을 삐죽인다.) 입술의 달싹거림……(다시 입술을 삐죽인다.)……내가 만일에 그것들을 삐죽 내밀게 되면……(혀를 쑥 내민다.)……혓바닥 역시……당신이 황홀해 하면서 맛보던 거였어요……만일 내가 혀를 내밀면……(그녀 다시 혀를 쑥 내민다.)……혀끝……

> Winnie:　……happy chance. [Pause.] Oh yes, great mercies, great mercies. [Pause.] *And now?* [*Long Pause.*] The face. [Pause.] The nose [She squints down.] I can see it…… [squinting down.]……the tip……the nostrils, ……breath of life……that curve you so admired……[Pouts]……a hint of lip……[Pouts again]……if I pout them out……[sticks out tongue]……the tongue of course……you so admired……if I stick it out……[sticks it out again]……the tip……
> (pp.161-62)

---

18) P. H. Collins(1963), p.107.

분절된 대사를 읊으면서도 위니는 "지금은 아니지[미소가 더 커
진다], 아니지 아냐. [미소가 사라진다, 긴 침묵] (Not now [smile
broader], No no [smile off, Long Pause]"를 2막에서만 6번에 걸쳐
되풀이한 다음 긴 침묵에 빠진다.

베케트는 이 작품에서도 반어적으로 부조리한 존재의 조건을 강조
하고 있다. 위니가 존재의 부조리를 의식하고, 이로 인한 존재인식의
강압적 부담은 파라솔이 불타버리는 장면에서도 상징적으로 나타난다.
그녀는 일상성의 반복에 따른 정체감을 두려워하며, 파라솔은 일종의
상징적 방패가 될 수 있다고 말한다.

> 위니: ……아, 그래, 할 말도 거의 없고, 할 일도 거의 없는데, 두려움
> 은 너무도 큰, 그런 날들, 그런 날에는, 잠을 자라는 종이 울리
> 기 전에, 몇 시간이고 꼼짝 않고…자신을 확인하면서 보내게
> 되지, 헌데도 더 이상 할 말도 없고, 더 이상 할 일도 없이, 그
> 런 날들이 흘러가, 그런 특정한 날들이, 조용히, 종소리도 흘러
> 가고, 그리고 한 말이 거의 없거나 한 마디도 없이, 한 일이 거
> 의 없거나 전혀 없이. (양산을 들어 올린다.) 그건 위험한 일이
> 야. (정면으로 돌아선다) 그런 위험에 대비해야 해. (양산을 오
> 른손으로 움켜 쥔 채, 앞쪽을 응시한다. 최대한 사이.)

> Winnie: ……Ah yes, so little to say, so little to do, and the fear
> so great, certain days, of finding oneself……left, with
> hours still to run, before the bell for sleep, and nothing
> more to say, nothing more to do, that the days go by,
> certain days go by, quite by, the bell goes, and little or
> nothing said, little or nothing done. [Raising parasol.] That
> is the danger. [Turning front.] To be guarded against. [She
> gazes front, holding up parasol with right hand. *Maximum
> Pause.*] (p.152)

위니는 부조리한 존재의 조건 속에서도 립스틱을 바르고, 거울을 보며 머리를 빗고, 손톱을 다듬는다. 그중에서 거울은 부조리한 존재의 조건을 벗어날 수 없는 자신을 되비쳐 준다. 파라솔은 태양열을 차단시켜 주는바, 존재에 가해지는 위협을 상징적으로 차단하는 역할을 한다. 그런데 파라솔은 곧 불에 타서 없어진다. 그러한 사건의 전조가 되듯 파라솔에 불이 붙기 전에 최대한의 긴 침묵(maximum Pause)이 삽입된다. 그리고 인간은 뜨거운 열과 같은 상징적 고통에서 벗어날 수 없는 것이다.

1막에서 타버린 파라솔은 2막이 되면 타기 전의 모양 그대로 무대 위에 놓여진다.(Bag and Parasol as before, p.160) 이것은 위니의 목 윗부분까지 위협하듯 밀려 올라오는 흙더미와 낮만이 계속되는 시간과 함께, 논리적 이해가 불가능한 부조리적 존재 상황의 지연과 반복을 암시한다. 흙더미가 입까지 위협하며 차올라오는 속도에 비례하여 위니의 말은 점점 더 자주 침묵으로 끊기면서 침묵이 새로운 언어의 형식으로 제시된다. 위시스크가 베케트 극에서 인물들이 겪고 있는 침묵은 "수용된 침묵(acknowledged silence)"[19]이라고 해석한 것처럼, 위니의 침묵은 부조리한 존재의 조건을 수용하는 형태의 역설적 인식의 표현이다. 위니는 윌리에게 머릿속에서 울부짖음 같은 비명소리가 난다고 토로한다. 그 소리는 "아직까지 이성을 잃지 않았어(침묵), 완전히 잃지는 않았어(침묵), 약간은 남아 있어(침묵) 소리들이"(p.162)라는 위니의 대사에서 완전히 소멸한 것은 아닌 이성의 마지막 절규일 수도 있다.

> 위니:　……물론 나는 비명 소리를 듣고 있어. (사이) 그렇지만 그 소리는 내 머리 속에서 나는 소리야. (사이) 그게 가능한 일일까?……(사이. 결단을 내리듯.) 그럴 리야, 그럴 리는 없어.

19) Max M. Wycisk(1972), p.159.

내 머릿속은 늘 울부짖음으로 가득 하거든. (사이) 뒤범벅된 비명 소리가 흐릿하게 들려. (사이) 비명소리가 들려오다가. (사이.) 사라져. (사이) 바람결에 들려오듯이. (사이) 정말 이상하다는게 바로 그거야. (사이) 비명소리가 사라지는군 (사이.) 아 그거 참 엄청난 행운이야, 행운이고말고. (사이) 현재로서는 하루가 잘 지나가고 있어. (미소. 미소 사라진다.)

Winnie: ······I do of course hear cries. [Pause.] But they are in my head surely. [Pause.] Is it possible that······[Pause. With finality.] No no, my head was always full of cries. [Pause.] Faint confused cries. [Pause.] They come. [Pause.] Then go. [Pause.] As on a wind. [Pause.] That is what I find so wonderful. [Pause.] They cease. [Pause.] Ah yes, great mercies, great mercies. [Pause.] The day is now well advanced. [Smile, Smile off.] (pp.163-64)

위니의 머릿속이 비명소리로 가득 차 있다는 것은 그의 입이 흙더미에 묻혀 언어행위가 불가능해지는 상황과 맞물려 극적인 위기감의 효과를 낸다. 그러나 이 상황에서 위니는 비명소리가 사라지는 순간을 자비의 순간으로 생각한다. 그리고 죽음을 예감하면서도, 예전과 같이 행복한 하루가 되리라는 환상에 빠져 뜨거운 열을 피하도록 윌리에게 모자를 쓰라고 재촉한다.

위니: ······좋아요, 상관없지, 그게 내가 늘 하는 말이야. 행복한 하루가 될 거야, 결국, 또 다른 행복한 날이. (사이) 이제 얼마 안 남았어, 위니. (사이) 울부짖는 소리가 들려. (사이) 울부짖는 소리를 들은 적이 있어요, 윌리? (사이) 없어요? (윌리 쪽으로 시선을 돌린다.) 윌리. (사이) 다시 한 번 나를 봐요, 윌리. (사이) 한 번 더요, 윌리. (그는 고개를 들고 쳐다 본다,

행복하게) 아! (사이. 충격을 받았다.) 어디 아파요, 윌리? 그
런 표정은 처음 봐요! (사이) 모자를 쓰세요, 여보, 햇볕이 따
가워요. 의식 따위에 너무 신경 쓰지 말아요, 나도 신경 안
쓰겠어요. (그는 모자와 장갑을 떨어뜨리고, 그녀를 향해 기어
오르기 시작한다. 기쁨에 겨워.) 어머나, 굉장하군요!

Winnie: ……Ah well, what matter, that's what I always say, it
will have been a happy day, after all, another happy day.
[Pause.] Not long now, Winnie. [Pause.] I hear cries.
[Pause.] Do you ever hear cries, Willie? [Pause.] No?
[Eyes back on Wille.] Willie. [Pause.] Look at me again,
Willie. [Pause.] Once more, Willie. [He looks up, Happily.]
Ah! [Pause. Shocked] What ails you, Willie, I never saw
such an expression! [Pause.] Put on your hat, dear, it's
sun, don't stand on ceremony, I won't mind. [He drops
hat and gloves and starts to crawl up mound towards her.
Gleeful] Oh I say, this is terrific! (p.167)

이 극의 형식이 반복적이라고는 하더라도, 관객은 여기서 클라이맥
스가 주는 긴박감을 느끼게 된다. 위니는 일상적인 동작을 보여주면
서 끊임없이 말을 해서 존재의 인식을 피해온 것 같지만, 지금까지와
는 다른 성질의 소리가 던지는 압박감을 완전히 떨칠 수는 없다. 따
라서 위니가 윌리에게 "……인간이라면 종소리를 무시할 수 없지
요.(침묵), 얼마나 여러 번 내 자신에게 말했는지 몰라요. 종소리를
무시해버려 위니, 종소리를 무시하라니까……"(p.162)라고 말하는 것
은 바로 이어지는 비명소리가 암시하듯이 예기치 않았던 위기의 순간
이 찾아왔음을 알려준다. 그리고 지금까지 모습을 드러내지 않은 채
단답형식의 대답만 했던 윌리가 성장을 하고 등장하자 위니는 자신
을 누군가가 부른다는 사실에 자신이 아직까지 실존해 있음을 깨달

게 된 것이다. 위니는 혼자서는 존재할 수 없고, 타인에 의해 인지되어야 하는 것이다. 마이클 워튼(Michael Worton)도 타자의 존재의 필요성에 대해 다음과 같이 말하고 있다.

베케트 인물들 모두는 자신들이 존재하고 있다는 증거를 필요로 한다. 그리고 그들이 관찰 할 수 있는 유일한 증거는 버클리 주교에 의해 제안된 것으로 즉, 존재한다는 것은 인지된다는 것이다.

Beckett characters all need proof of their existence, and the only proof they can envisage is that proposed by Bishop Berkley, another of Beckett's influence: Esse est Percipi (to be is to be perceived.)[20]

그런데 윌리도 뜨거운 열을 막는 데 도움을 줄 모자와 장갑을 떨어뜨리고 기어서 등장함으로써, 위니와 비슷한 상황에 처해 있음을 보여준다.

윌리는 장례식이 연상되는 옷차림을 하고 등장한다. 그는 무대 위에 놓여있는 권총으로 위니를 죽이기 위해서 나타났는지 ("dressed to kill," p.166) 아니면 위니를 위로해 주기 위해서 나온 것인지, 또 그것도 아니면 무덤 같은 형상의 흙더미에 완전히 함몰될 순간에 맞추어 위니의 장례식을 치러 주기 위해서 나타난 것인지 알 수 없다. 베케트는 부조리한 순환적 공간 속으로의 회귀를 의미하듯 다른 극들처럼 애매모호한 상황에서 극을 종결하려 한다.

사이. 행복한 표정이 사라진다. 그녀는 두 눈을 감는다. 종소리 크게 울린다. 그녀, 두 눈을 뜬다. 그녀, 미소를 지으며 앞을 응시한다. 그녀는 시선을 옮겨 미소 지으며 양손과 무릎을 짚고 엎드린 채 그녀를 올려다

---

20) Michael J. Worton, *Mechanism in the Theatre of Samuel Beckett* (Chung Ang University English Language and Literature, Vol.33, No.1, 1987), p.133.

보고 있는 윌리를 본다. 그들은 서로를 바라보고 있다. 긴 사이. 막

Pause. Happy expression off. She closes her eyes. Bell rings loudly. She opens her eyes. She smiles, gazing front. She turns her eyes, smiling, to Willie, still on his hands and knees looking up at her. Smile off. They look at each other. Long Pause. Curtain (p.168)

위니는 막이 내리기 전에 밝은 조명 아래서 흙무덤은 입까지 차오르고, 눈은 퀭한 상태로 다가오는 남편 윌리를 바라보며 긴 침묵에 잠기게 된다. 위니에게 그동안의 일상적인 움직임과 습관적인 언어행위는 결국, 말과 투쟁하는 인간(an individual struggling with words.)[21]의 좁은 테두리를 벗어나지 못하는 성격의 것이다.

이 극은 언어유희로 일관된 초기극이나, 주어진 존재 상황에 굴복한 상태에서 독백으로 존재이유를 찾을 수밖에 없는 후기극보다 더욱 비관적이다. 위니의 겉으로는 태연한 태도에도 불구하고, 리챠드 코 (Richard Coe)는 이 작품을 베케트의 극 가운데 가장 비관적인 작품 (pessimistic play)[22]이라고 보았다. 이 극은 『고도』처럼 희비극적 구조에서 전개되고 있지만, 부조리한 존재 상황을 인식하고 고통스러워하면서도, 그 상황을 벗어나기 위해 낙관적인 언행을 하는 위니의 역설적 상황 때문에 이 극은 비극적이다. 위니의 독백과 다름없는 언어행위는 바로 이와 같은 비극적 존재조건의 결과인 것이다.

---

21) Max M. Wycisk(1972), p.29.
22) Richard N. Coe, *Samuel Beckett* (New York: Grove Press, Inc., 1964), p.107.

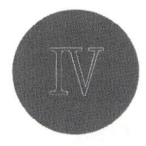

분열적 존재 상황: 파괴된 언어

베케트는 중·후반기로 넘어오면서 언어의 한계를 인식하고, 언어 대신 시청각매체를 통해 부조리한 삶의 이미지를 표현, 부조리한 삶에 대한 압축적이고 상징적인 단막극을 연달아서 발표했다.

부조리한 삶에 대한 연작물 같은 그의 작품들 속에서 존재의 문제적 상황을 베케트는 그의 파격적인 형식 속에 담아 놓았다. 베케트의 작품은 등장인물의 말과 행위를 특별한 형식 없이 처리하는 것이 그 특징이다. 베케트는 다음과 같이 말하고 있다.

만약 당신이 형식 찾기를 요구한다면, 내가 당신을 위해 형식을 설명하겠다. 나는 한 때 병원에 입원해 있었다. 또 다른 병실에 후두암으로 죽어가는 한 남자가 있었다. 침묵 속에서 나는 그의 비명소리를 계속해서 들을 수 있었다. 이것이 바로 내 작품이 갖고 있는 유일한 형식이다.

If you insist on finding form. I [Beckett]'ll describe it for you. I was in hospital once. There was a man in another ward, dying of throat cancer. In the silence, I could hear his screams continually. That's the only kind of form my work has.[1]

베케트에게 있어서 죽어가는 암 환자의 계속적인 비명소리는 비유적으로 말하자면 곧 작품의 형식이 되었다. 초기극에서는 탄생 그 자체가 죄가 되는 부조리한 환경에서 냉소적인 유희로 반복되는 희비극적 형식이 베케트의 주제를 표출시키는 통로였다.

부조리한 존재 상황을 있는 그대로 드러내는 것을 창작의 원칙으로 삼고 있던 베케트는 무형식적인 형식 속에서 부조리한 삶 자체의 이미지만을 무대 위에 재현했다. 이러한 그의 창작 태도는 전통적인 창작의 요소들이 부조리한 존재의 본질에의 접근을 은폐시킨다는 생각에서 기인한다. 제임스 놀슨(J. Knowlson)은 베케트 극을 단순과 부동성, 그리고 내용이 압축되어 있는 극(drama of simplicity, immobility and concentration)[2]이라고 보고 베케트 극을 일본의 전통극(Noh Play)에 비유했다. 베케트는 자신의 예술철학에 대해 다음과 같이 말한다.

예술의 경향은 확장이 아니라 축소되어가고 있다. 그리고 예술은 고독의 극치이다. 예술에는 소통의 매개체가 없기 때문에 의사소통도 불가능하다……

The artistic tendency is not expansive, but a contraction. And art is the apotheosis of solitide. There is no communication because there is no vehicles of communication……[3]

---

1) Deidre Bair, *Samuel Beckett*: *A Biography* (New York: A Harvest / HBJ Book, 1978), p.528.
2) James Knowlson, "Afterward," *Happy Days*: *A Bilingual Edition* (London: Faber & Faber, 1978), p.94.
3) Ronald Hayman, *Theatre and Anti-Theatre*: *New Movement Since Beckett* (New

예술적 재현 작업이 간결, 축소화함에 따라 무대 위에는 상징적이고 함축된 의미만이 남는다. 그리고 의사소통을 가능하게 해주는 매개체가 없기 때문에 인간은 절대고독(the apotheosis of solitude)의 세계에 빠질 수밖에 없는 것으로 묘사된다. 베케트에 따르면 예술가는 주변적인 요소들을 무시해버리고 부조리한 존재를 탐색하기 위해 인습적인 과장의 수사법을 벗겨버리고 부조리적 존재의 핵심으로 파고 들어가야 한다. 베케트의 극중 인물들은 내면의 세계에 침잠하고 극단적인 경우 침묵의 상태에 빠진다.

베케트의 초기극의 인물들은 침묵하는 대신 반복적인 언술행위를 통해 존재의 인식을 지연시키는 데 반해, 후기극의 인물들은 존재의 본질은 무(nothingness)라는 것을 수용하면서 내면적인 침묵의 상태에 빠진다. 그리고 형식적으로는 대부분의 작품이 1인극의 형식을 채택하고 있다. 그리고 언어의 한계를 의식하면서도 여전히 언어에 의존하던 초기극과 달리 후기극은 상징적인 시청각매체의 감각적 요소가 중요한 표현기능을 갖게 된다. 베케트의 내용과 형식의 일치에 대한 주장은 인간의 부조리한 존재 상황에 대한 있는 그대로의 표현인 셈이다. 마틴 에슬린도 베케트 작품에서 형식이나 구조, 그리고 작품의 분위기는 의미나 개념적인 문맥과 분리되어 생각될 수 없다[4]고 말한다.

베케트는 작품의 내용에 집착하는 독자들에게 형식을 포함한 또는 내용과 형식을 구분할 수 없는 작품의 총체적인 이해를 요구했다. 그리고 베케트는 자신의 극작품을 지식의 체계에 접목시키지 말고, 직관적으로 받아들일 것을 강조했다. 쟝 쟈크 메이어(Jean Jacques Mayoux)도 베케트에게 있어서 무대란 실세계의 현장 그대로이고, 창의적 의식을 보여줄 수 있는 장소라고 보았다.(The stage becomes

---

York: Oxford University press, 1979), p.38.

[4] Martin Esslin, *The Theatre of the Absurd* (Hermonsworth Middlessex: Penguin Books Ltd., 1968), p.34.

the place of reality, the terrain for the play of the creative consciousness.)[5]

베케트는 톰 드라이버(Tom Driver)와의 인터뷰에서 예술가의 임무는 혼돈을 수용할 수 있는 형식을 찾아내는 것이라고 밝힌 바 있다.[6] 그는 부조리적 혼돈의 상황을 수용할 수 있는 새로운 질서와 규칙의 형식을 모색했다. 곤타르스키(S.E. Gontarski)도 베케트의 극 형식을 두고, 세계의 혼돈을 수용하면서도 예술 자체가 요구하는 규칙적인 형식과 질서를 유지(The fundamental principles of reality are chaos and flux, whereas the essence of art is form and order.)해야 하는 모순을 다음과 같이 지적했다.

혼돈의 삶을 예술화 하려는 이러한 모순을 해결하고 조화를 이루는 점이 베케트의 창조적인 작가로서 삶을 지배하는 점이다. 혼돈에 찬 우주를 예술로 다루면서 반면에 이 두 가지 특징을 유지해 나가는 시도가 본질적으로 모순인 중요한 독창적 긴장감을 유지시킨다.

The resolution or reconciliation of this paradox of opening art to the chaos of life is one that dominates Beckett's creative life. The attempt to treat a chaotic universe in art, while maintaining the integrity of both, remains the central creative tension, the elemental paradox.[7]

표현 불가능한 세계의 혼란을 수용하면서도 예술행위 자체가 요구

---

5) Jean Jacques Mayoux "Beckett and Expressionism", in *Modern Drama,* vol.9, No.3, Dec. 1966, p.240.

6) Tom Driver, "Beckett by the Madelein", in *Samuel Beckett*: The Critical Heritage, ed. Lawrence Graver & Raymond Federman (London: Routledge & Kegan Paul, 1979), p.219.

7) S. E. Gontarski, *The Intent of Undoing in Samuel Beckett's Dramatic Texts* (Bloomington: Indiana University Press, 1985), p.12.

하는 규칙적인 형식과 질서를 유지해야 한다는 모순 아래 세계의 혼란을 형식에 담아내는 문제를 놓고 베케트는 여러 장르를 넘나들며, 그리고 또 다양한 매체를 도입하며 실험을 해왔다.

이성적 질서를 용납하지 않는 세계의 혼돈은 인과율에 근거를 두고 있는 전통적 형식과 맞지 않는다. 이성적 사고로는 불가해한 베케트의 부조리적 상황은 텅 빈 무대공간과 정체된 시간 속에서 사건도, 갈등도 없이 동기가 은폐된 채 무대에 올려진다. 베케트는 논리적 언어행위로는 부조리한 상황을 재현할 수 없다는 생각으로 언어 이외의 시청각매체를 무대에 도입하게 되었다. 그리고 등장인물도 특정한 성격을 구현하는 역할을 하는 것이 아니고 무대 위에서 움직이지 않거나, 더 심한 경우 신체는 언어와 마찬가지로 파현화하여 한 부분만을 확대시켜 보여주는 극단으로까지 발전한다.

이 장에서 살펴보게 될 『나는 아니야』(*Not I*)는 신체의 일부만을 보여주면서 새로운 인물의 이미지 창출에 성공한 작품이다. 이 극에는 등장인물은 없고 깜깜한 무대의 허공에 커다란 입만이 조명을 받으며 떠 있다. 어둠과 새빨간 입술, 그 위에 쏟아지는 조명으로 인해서 관객들은 충격적인 극적 이미지를 느낌과 동시에, 무대장면의 변화도, 조명의 이동도 이루어지지 않는 상태에서 입만을 응시한 채 입이 쏟아내는 언어행위에만 집중하게 된다.

라이온스(Lyons)는 전통적 의미에서의 등장인물이 없어지고 입과 같은 상징에 의한 언어만 남게 되었을 때 관객들에게 언어 그 자체는 굉장한 흡인력을 갖게 된다고 보고 있다.

> 베케트는 연극상연에서 인물을 제거하는데 성공했다. 물론, 처음에 의식의 간파 대상인 인물의 부재는 관객을 당혹시키고 불안하게 한다. 이러한 혼란상황은 관객들로 하여금 인물 이외의 작품의 나머지 요소, 즉 언어 그 자체에 열심히 집중하게 한다.

Beckett has succeeded in removing character from this dramatic performance. Of course, the absence of that perceiving consciousness initially puzzles and disturbs the audience; this dislocation causes them to focus intently on the elements of the work that remain: the words themselves.[8]

1972년 뉴욕 링컨센터의 포럼극장에서 초연된 이 극은 베케트 극의 새로운 전기가 되었다. 이 극은 공연시간이 15분 정도로, 빠른 진행 속도와 난해한 내용 때문에 관객은 당황한다. 이 극을 에슬린은 다음과 같이 평가하고 있다.

「나는 아니야 (Not I)」는 대단히 중요한 작품이다. 이 작품은 별반 유능하지 않는 작가들이 적어도 500페이지에 달하는 소설이나 무대 위에서는 서너 시간이 필요한 내용을 포함하고 있고, 무한한 인간 고통과 인간 경험의 전 생애를 대단히 효과적이고 생생한 이미지로, 매우 의미 있는 대사로 형상화해서 겨우 15분 안에 그 모든 것을 충분히 전달하고 있다.

Not I is an immensely important work. It contains substance which lesser writers would have needed three or four hours on the stage or a 500 page novel (at least!) to encompass, and moulds that wealth of human suffering, a whole lifetime of human experience, into an image so telling, so graphic, into words so brilliantly meaningful, that a bare quarter of an hour suffices to communicate it all.[9]

에슬린은 이 극이 유능하지 않은 작가에게는 최소한 5백 페이지에 달하고, 무대 위에서는 서너 시간이나 소요될 내용을 매우 감동적이고

---

8) Charles R. Lyons, *Samuel Beckett* (London: MacMillan, 1983), p.157.
9) Beryl S. Fletcher, John Fletcher, Barry Smith and Walter Bachem, *A Student's Guide to the Plays of Samuel Beckett* (London: Faber & Faber, 1978), pp.192-93 에서 재인용.

생생한 이미지로 나타내는 데 성공했음을 지적하고, 15분 정도의 짧은
시간 안에 인간의 고통과 경험을 형상화시킨 작품이라고 평하고 있다.
　무대장면을 살펴보면 베케트가 왜 입만을 떼어 등장인물로 설정
하였는가를 추정할 수 있다.

　　객석에서 보아 무대 뒤편 오른쪽, 무대 면에서 약 8피트 가량 높이에
있는 입을 제외하고는 무대는 어둠. 입(Mouth)에는 밑에서 위로, 위에서
밑으로 희미한 조명이 비추고 있고, 얼굴의 나머지 부분은 그늘, 눈에 보
이지 않는 마이크로폰, 듣는 이(Auditor), 관객 석 왼편 앞쪽에 서있는,
꾸부정한 인물. 성별을 알 수 없고, 모자가 달린 헐렁한 옷으로 머리끝에
서 발끝까지 감싸져 있다. 몸 전체에 희미한 빛을 받으며 무대 면에 서
서… 지시된 부분에서 네 번에 걸쳐 짧은 동작을 해 보이는 것을 제외하
고는 시종일관 꼼짝 않는다.

　　Stage in darkness but for MOUTH, upstage audience right, about
8 feet above stage level, faintly lit from close-up and below, rest of
face in shadow. Invisible microphone. AUDITOR, downstage
audience left, tall standing figure, sex undeterminable, enveloped
from head to foot in loose black djellaba, with hood, fooly faintly li
t……dead still throughout but for four brief movements where
indicated. (p.376)

　어두운 무대 위에 보이는 것은 인물이나 물체라기보다는 하나의 이
미지로 느껴지는 입 '(Mouth)'과 무대구석에 희미하게 서 있는 청자
'(Auditor)'라는 인물뿐이다. 관객은 극이 진행되면서 세 인물을 보게
된다. 즉, 무대 위에서 조명을 받으며 극을 진행하고 있는 '입'과 그리
고 '입'이 하는 말에 대해 주체할 수 없는 연민(helpless compassion)
의 태도를 보이며 네 번에 걸쳐 순간적인 반응을 보이는 '청자'가 있
다. 또 토막토막 끊어지면서, 쉼 없이 흘러나오는 말들을 따라가 보면

'입'이 어느 한 여인의 기구한 삶에 대하여 구술하고 있음을 알게 된다. 이들 세 인물들 간의 알 수 없는 관계와 파편적으로 쏟아지는 언어가 혼란스럽게 겹쳐진다.

베케트는 '청자'의 성(sex)에 대한 암시를 긴 장옷과 두건으로 감싸 버려 식별을 불가능하게 해놓고, 죽은 사람처럼 서 있게 한다. 플레 쳐(B.S. Fletcher)는 '청자'의 옷차림과 듣기만 하는 역할이라는 점 때문에 '청자'를 종교적인 인물(a religious figure)로 보고, 이 극을 일종의 고백극으로 간주하기도 한다.[10]

테레스 휘셔 시덜(Therese Fischer-Seidel)도 플레쳐의 해석과 비슷 하게 '입'이 쏟아내는 언어행위를 신앙고백의 장면으로 이해한다.

> 자발적으로 쏟아내는 말은 강요된 고백으로 바뀐다. 즉, 남북 대서양의 청교도 집회에 모인 사람들이 "현세의 성인(visible saints)"이 되기 위 해 반드시 해야만 했던 이야기 전환 형태인 자유롭고 대중 앞에서 하는 고백 형태로 바뀐다.

> Voluntary speech turns into forced confession. The morphology of the conversion narrative, of the free and public confession that members of puritan congregation on both sides of the Atlantic had to make in order to become "visible saints."[11]

그러나 베케트의 노트에 따르면 '청자'에게 허용된 동작은 연민에 찬 동의의 몸짓을 하면서 '입'의 이야기에 똑같이 생각하는 것처럼 행동하는 점으로 미루어 볼 때, '입'은 곧 '청자'일 수도 있다. '입'으 로 인해 연상되는 것이 말 또는 언어라고 본다면 이 작품은 베케트의

---

10) Beryl S. Fletcher(1978), p.194.
11) Therese Fischer-Seidel, "Ineluctable Modality of the Visible: Perception and Genre in Samuel Beckett's Later Drama", in *Contempory Literature*, 35 : 1 (The University of Wisconsin Press: Spring 1994), p.75.

언어의 한계에 대한 인식의 문제에 보다 직접적으로 연결되고 있다. 베케트 극의 등장인물들은 언어로 존재의 본질 탐구가 불가능할 뿐만 아니라, 외부와의 교류도 실패할 수밖에 없다는 것을 인식한다. 존재의 불안과 소외로 등장인물들의 말은 끊어지고, 의식은 분열되어 타자화한 자신과의 대화를 시도하게 된다.

대화는 "나" 혼자서는 성립하지 않는다. 타자가 "나"의 이야기를 듣고 대답할 때, 대화는 성립한다. 초기극에서는 블라디미르(Vladimir)와 에스트라곤(Estragon), 함(Hamm)과 클롭(Clov), 그리고 위니(Winnie)와 윌리(Willy)가 짝으로 등장하여 불완전한 대화나마 성립한다. 그러나 중·후기극에서 자아는 '듣는 자'와 '말하는 자'로 분리되어 나와 타자가 대화를 한다. 예를 들어 『오하이오 즉흥극』(*Ohio Impromptu*)과 『발자국 소리』(*Footfalls*), 『자장가』(*Rockaby*) 등의 작품은 한 인물이 등장하지만, '듣는 이'와 '읽는 이', '자아'와 '타자'의 소리를 동시에 듣게 된다.

『나는 아니야』도 이러한 맥락에서 '청자'의 입이 자아에서 분리되어 '말하는 자'의 역할을 하고 있는 것으로 볼 수 있다. 한 인물이 나와 타자의 역할을 동시에 수행하는 것으로 본 캐더린 켈리(Katherine Kelly)는 다음과 같이 말한다.

> '입'과 '청자'는 계속되는 대조로 역할 구분이 된다. 이것은 시각적 배경을 복잡하게 할 뿐만 아니라, 그들이 속해 있는 세상에 존재하는 가능성의 영역을 분리시키면서 동시에 구체적으로 나타낸다. 즉, 침묵과 장광설, 말을 하기만 하는 역과 듣기만 하는 역, 무대 위, 관객에게 드러나 보이는 역과 숨어있는 역. 분명히 각각의 이들 가능성들은 타자처럼 부동 상태에 있고, 이 둘은 베케트극의 커플들이 종종 그런 역할을 하는 것처럼 복잡하게 서로 얽혀 있다.

> They[Mouth, Auditor] are distinguished by a series of contrasts

which, in addition to adding to the visual complexity of the
spectacle, isolate and embody the realm of possibility which exists in
their world: silence and logorrhea, activity or receptivity, exposure
and concealment. Undoubtedly each of these 'possibilities' is as
imprisoning as the other, and the two of them may be inextricably
intertwined as the functions of Beckett's couples so often are.12)

켈리는 '입'이 병적이리만큼 말을 많이 하지만 듣지는 못하는 존재
인 반면, '청자'는 말은 하지 않고 침묵 속에 빠져 있으면서 듣기만
하는 대조적인 역할을 한다고 본다. 베케트 극의 인물들은 대화의 상
대가 필요하지만 타자와의 대화는 한계에 봉착하고, 타자화한 자신을
대화의 상대로 설정한다.

'입'이 하는 말은 모두 3인칭 과거시제의 시간에서 진행된다. 해
석이나 연출의 관점에 따라 '입'은 주어진 각본의 기계적인 낭송
에13) 그 역할이 한정되는 것으로 볼 수도 있다. 그런 관점에서 본
다면 이 극의 '입'은 어떤 타인의 생애에 대한 대사를 낭송하고 있
는 셈이 되고, 이미 지나간 과거사를 단순히 기계적으로 서술하고
있는 것에 불과하다. 얼핏 보면 무대 위에 있는 화자의 심리는 아무
데도 드러나지 않기 때문이다.

베케트는 독창적인 표현기법으로 존재의 문제적 상황을 탐구해 왔
다. 베케트는 '청자'를 무대구석에 세워놓고, 다른 한편에서 '입'의 기
계적인 언어행위를 통해 존재의 불가능한 객관화를 시도하는 것처럼
보인다. 또한 '입'은 과거를 서술하면서도 현재의 서술행위의 문제
성도 동시에 드러낸다.14)

---

12) Katherine Kelly, "The Orphic mouth in *Not I*", in *Journal of Beckett Studies,*
6(Autumn, 1980), p.78.
13) Charles R. Lyons, *Samuel Beckett* (London: MacMillian, 1983), p.158.
14) 처음부터 무대에는 '입'과 '청자'가 별개의 인물로 분리되어 등장한다. '입'은

관객은 '입'의 말을 통해 그는 어떤 늙은 여인이고, 이 여인은 애인으로부터 버림받은 미혼모로부터 또다시 버림받아 고아원에서 성장했다는 것이 밝혀진다. 베케트의 일반적인 모티프인 출생의 부조리가 이 작품에서도 나타나 있다. '입'이 경험한 출생의 부조리는 어머니로부터 대물림된 것이다.

이 여인은 자신의 의지와는 상관없이 이해할 수 없는 상황에서 부조리한 세상 속에 내던져졌다. 이는 베케트의 소설 『와트』(Watt) 중에서 아내의 임신사실조차 모르는 남편이 친구들과 당구 게임을 하는 중에 아이가 태어나고, 남편이 막 태어난 아이의 울음소리에 욕설을 퍼붓는 장면의 연장이다. "탄생이 그에겐 곧 죽음이었다.(Birth was the death of him.) (p.425)"라는 베케트 극 인물들의 공통된 상황의 구체적 증거가 바로 이 여인의 입을 통해 드러난다. 이 여인은 고아원에서 자라면서 받은 여러 형태의 억압과 강요, 소외의식 등으로 인해 평생 동안 입을 닫고 한마디 의사표현도 제대로 해보지 못한 채 칠십 평생을 지내왔다. 그러다 4월 봄날, 앵초꽃(cowslips)을 찾아 들판을 헤매다 그녀는 귓속에서 윙윙거리는 소리를 듣고 별안간 번쩍하는 빛줄기를 동시에 받으면서 걷잡을 수 없이 말이 터져 나오는 것을 경험하게 된다.

이 여인의 말은 기계적인 어조로, 그리고 너무 빨리 이루어지고 있어서 말의 내용이 이해되지는 않아도 어둠 속에서 희미한 조명을 받으며 움직이고, 일그러졌다가 비명을 내지르는 새빨간 입술은 그 여인의 고통에 대한 가시적 상관물의 역할[15]을 한다. 이는 관객이 이

___

존재 상황의 고통을 객관화시키려는 욕망으로 자아를 분리하여 타자로 설정한다. 그러나 '입'이 과거의 고통스런 경험을 서술할 때, 그 경험의 주체가 내가 아니라고(Not I) 외치면서 서술하고 있는 현재의 고통도 동시에 드러내고 있고, 또 그럴 때마다 아무 말 없이 구석에 서 있던 '청자'가 주체할 수 없는 반응을 보이는 점에 미루어 관객은 이 둘의 관계가 동일인임을 알게 된다.

성보다는 감각에 의존하여 작품을 이해하게 하려는 베케트의 의도를
드러낸다. 그리고 난해한 후기극들에서 내용은 사라지고 형식만 남아
서 추상화 경향이 심화되는 것에 비추어 본다면, 이 작품은 한 여인
의 일생을 '입'을 통해 전달하고 있어서 베케트의 후기극 중 비교적
사실적이라고 할 수 있다. 단지 한 여인의 삶을 현실감 있게 받아들
이는 데 장애가 되는 것은 특이한 언어적 구성에 의해 극이 진행된다
는 점이다. 켈리는 이 점에 대해 다음과 같이 말하고 있다.

> 어떤 작품이 무대에 재현되기 위해서는, 불가피하게 3차원 이어야 하
> 지만, '나는 아니야(Not I)' 에서는 1차원적인 언어가 아주 중요한 구성
> 요소이다. 이 극에서 실제로 움직이는 것은 배우나 무대의 소도구들이 아
> 니라 말(대사)이다.

> Although any work for the theatre is essentially three-dimensional,
> a one-dimensional study of the language in *Not I* is a study of its
> most active element. What really moves in this play is not bodies or
> stage props, but words.[16]

일반적으로 작품이 무대에 재현되기 위해서는 배우의 움직임(action,
bodies)과 대사(dialogue, language, words), 그리고 조명과 음향효과
등을 포함한 소도구(props)가 필수인데, 이 작품의 이해는 주로 '입'
의 일차원적인 언어를 통해 이루어진다는 것이다.

등장인물 없이 공중에 걸려 있는 입을 통해 극의 진행이 이루어지

---

15) 입이 말을 할 때마다 열렸다, 닫혔다 하는 것을 눈의 깜박거리는 이미지로 보
고, 또 입에서 쏟아내는 말을 눈에서 눈물을 흘리는 것과 연관시켜서(Mouth is
shedding words like tears.) "eye"로 해석하는 평론가도 있다. Paul Lawley,
"Counterpoint, Absence and the Medium in Beckett's *Not I*", *On Beckett: Essays
and Criticism,* ed. S. E. Gontarski (New York: Grove Press, 1986), p.328.
16) Katherine Kelly(1980), p.74.

는 것은 무의미한 것처럼 들리는 언어만 남게 된 존재의 기이한 양식의 표출이다. 그리고 바뀌지 않는 무대공간17)은 또한 이러한 존재양식의 일차원적 성격의 상징적 배경으로 작용한다고 볼 수 있다.

베케트가 입만을 등장시킨 것은 다른 작품에서의 신체의 불구현상과 연관된다. 신체의 불구를 통해 육체의 동작의 위주로 하는 연기는 약화되는 대신 이와 대조적으로 입의 이미지를 통해 암시되는바 언어의 비정상적 양태는 강조된다. 이 극의 '입'은 처음부터 입만이 무대 위에 걸린 상태로 등장하여 그 자체의 문제적 상황을 비정상적인 상황을 통해 노출시킨다. 여기서 입은 존재의 유일한 흔적이다. 그리고 '입'을 통해 주인공의 의식은 전달된다. 예를 들어, 주인공이 벌판을 헤맬 때 알 수 없는 빛줄기를 보고 혼란에 빠지는데, 그때 머릿속에서는 여전히 윙윙거리는 소리가 들려온다.(She could still hear the buzzing. p.377) 여기서 의식의 개념은 그 어떤 철학적 정의가 걸러진 채 뇌의 기능만 살아 있는 것처럼 묘사된다.

······전혀······아낄 게 없지···온통 묘지처럼 적막해···어떤 부분도 결코······뭐라구?······윙윙 소리?······맞아······온통 쥐죽은 듯 한데 윙윙 소리만이···말하자면···손가락 하나 꼼짝 못하는데······하지만 두뇌만은 여전히······여전히 왕성하게······

······no······spared that······all silent as the grave······no part······what?······the buzzing······yes······all silent but for the buzzing······so-called······no part of her moving······but the brain still······still sufficiently(p.378)

17) 베케트의 극 무대는 막이 바뀌어도 장면의 변화가 없거나, 인물들은 똑같은 행동을 되풀이하고, 또 무대 위에 고정되거나 불구로 등장하여 인간의 존재 상황은 변화와 개선이 없이 똑같은 고통의 연장임을 암시한다.

칠십의 나이에 잘 움직이지도 못하는 그녀가 할 수 있는 일은 거울같이 자기를 반영하는 의식에 세계에 갇혀서 말하는 것뿐이다. 입은 주인공의 의식을 전달하는 기능을 갖지만 '입'을 통해 관객에게 전해지는 의식은 주인공이 자기에게 되비추는 기이한 의식의 테두리를 벗어나지 않는다.

이렇게 주인공의 의식은 분열되어 자신을 타자화하고 언어로 존재의 문제적 상황을 표출한다. 베케트의 언어에 대한 인식은 회의적이기도 하지만, 이 회의적인 의사소통 수단으로서의 언어 이외의 언어는 없다. 베케트의 후기극은 대부분이 언어를 시청각 효과로 대치하고, 상징적 이미지에 의해 연극적 효과를 조성한다. 이 극을 보는 관중은 논리적인 언어에 의해서가 아니라 비논리적인 언어에 의해서 주인공의 문제적 상황을 직관적으로 전달받는다.

어느 날 그녀는 갑자기 말이 터져 나오자 당황한다. 마치 타자인 것처럼 대뇌는 입에게 멈추라고 지시를 내리지만 '입'은 그에 응하지 못한다.

　　……이제는 멈출 수가 없으니……상상해 보라구!……말의 물줄기를 막을 수가 없어서……두뇌 전체가 애원을 하는 거야……머리 속에서 뭔가 애원을 하고 있어……입 더러 멈춰달라고 간청을 하는 거야……잠깐 만이라도 멈춰 달라고……눈 깜짝할 사이만이라도 좋으니……그런데 반응이 없어……못 들은 듯이……아니면 정말…정말 잠시도 멈출 수가 없었는지……미친 사람처럼……그 모든 게 일시에……듣고자 발버둥 쳐……독립된 그 모든 것들이 다 함께……그리고 두뇌는……제 멋대로 미쳐 날 뛰고 있어……그걸 이해하려고 애쓰는 거야……아니면 멈추게 하려는 지……

　　……now can't stop……imagine!……can't stop the stream……and the whole brain begging……something begging in the brain……

begging the mouth to stop······Pause a moment······if only for a moment······and no response······as if it hadn't heard······or couldn't······couldn't Pause a second······like maddened······all that together······straining to her······piece it together······and the brain······raving away on its own······trying to make sense of it······or make it stop······(p.380)

그녀는 자신의 의식 속에 가라앉아 있는 과거의 기억에서 벗어나고 자 한다. 베케트는 존재는 과거의 의식에서 벗어날 수 없음을 무대 위에 형상화시킨다. 에슬린도 이 점을 다음과 같이 지적하고 있다.

　　의식에 내재되어 있는 내용(기억)들을 쏟아내는 입의 이미지, 입은 물 질계와 의식의 비물질계 사이에 가교역할을 한다.

　　······the image of the mouth pouring out the contents of a mind, the mouth, which is the threshold between the material world and immaterial world of consciousness;[18]

입은 육체적인 물질계와 정신적인 비물질계 사이의 다리 역할을 한 다. 그러면서 입은 존재의 문제적인 의식을 있는 그대로 드러낸다.

전통적인 연극개념에 따르자면 작품 속에는 스스로를 '나'라 부를 수 있는 자기동일성이 설정되어야 한다. 그런데 이 작품에서는 이런 기능을 갖는 '나'가 없다.(Not I) '입'은 3인칭 서술의 주체에 대해 의문을 가질 때마다, 그리고 그 주체가 바로 자기임을 발견할 때마 다 작가의 노트에 의하면 "격렬한 거부(p.375)"의 어조로 놀라면서 "뭐라구?······누구?······아니야!······그녀야!"("What?······Who?······No! ······She!")라는 반응을 보인다. 이때 "no!"는 물론 "Not I"를 의미한

---

18) Martin Esslin(1968), p.124.

다. 이는 서술된 경험을 타자화하려는 욕망의 산물이다. 그리고 '입'
이 "Not I"라고 격렬하게 부정할수록 관객은 반대로 그 부정이 "I"의
것이라는 확신을 갖게 된다. 자신이 서술한 경험의 주체가 내가 아니
고(Not I), 그녀(She)라는 '입'의 태도에 대해 에슬린은 다음과 같이
말한다.

> ……사랑이 없는 삶 (그러므로 어쩌면 너무나 수동적으로 경험했기 때
> 문에 자신이 산 삶으로 느꼈다기 보다는 오히려 다른 누군가의 경험처럼
> 수동적으로 견뎌 낸 것)

> ……a life without love (hence, perhaps, so passively experienced
> that it was never felt to be a life lived by the self, but rather
> something which was passively endured like someone else's
> experience.)[19]

주인공은 자신의 삶이 아니라 제삼자의 삶을 살아온 것처럼 느낀다.
그녀는 침묵 속에 살다가 갑자기 말문이 트인다. 처음엔 그녀 자신도
믿을 수가 없어서 자신의 입술과 뺨, 턱을 만져보고, 또 주위에 아무
도 없다는 것을 확인하고 나서야 쏟아져 나오는 말이 자신의 것임을
인정하게 된다. '입'은 3인칭 시점에서 과거의 경험을 서술한다. 그녀
는 그동안 슈퍼마켓이나 법정 같은 현장에서 제대로 말도 못하면서
"어떻게 살아왔는지(how she survived)"에 대한 과거의 기억을 되살
린다. 그녀는 우선 슈퍼마켓에서의 경험에 대해 다음과 같이 말한다.

> ……사실 말도 없이……하루 종일……그녀가 살아남아 있었다니!……
> 장 보러 다닐 때 조차……나가서 쇼핑 할 때에도……복잡한 쇼핑센
> 터……슈퍼마켓……그저 쪽지를 디밀고는……장바구니와 함께……낡은

---

19) Martin Esslin, p.120.

검은색 장바구니…그리고는 거기 서서 기다리는 거야……시간이 제 아무리 걸려도……인파 한 가운데에서……꼼짝 않고……허공을 응시하지……언제나처럼 입을 헤 벌린 채……그것이 손에 되돌려질 때까지……그 장바구니가 되돌려질 때까지……그 다음엔 값을 치르고 돌아서……"수고 하세요" 란 말조차 않고……그녀가 살아남아 있었다니!…

……practically speechless……all her days……how she survived! ……even shopping……out shopping……busy shopping centre…… supermart……just hand in the list……with the bag……old black shopping bag……then stand there waiting……any length of time…… middle of the throng……motionless……staring into space……the bag back in her hand……then pay and go……not as much as good-by e……how she survived!……(p.379)

법정에서도 그녀는 죄의 유무에 상관없이 "무슨 말이든지 해야만 하는(Something she had to tell)" 상황에 대해서 말한다.

……정말 한 마디 말도 없었는데……그녀가 살아남아 있었다니……법정에 섰던 그 시간……그녀가 자신을 위해서 해야 했던 말……유죄인가, 무죄인가……일어서시오, 부인……말해 보시오, 부인……거기 서서 허공만을 응시했지……평소처럼 입을 헤 벌린 채……입 이끌려 나가기를 기다리다가……자기를 이끌어 주는 타인의 손길에 감사하며……이제 사 이렇게……그녀가 얘기해야만 되는 무언가를……

……practically speechless……how she survived! ……that time in cour t……what had she to say for herself……guilty or not guilty……stand up woman……speak up woman……stood there staring into space…… mouth half open as usual……waiting to be led away……glad of the hand on her arm……now this……something she had to tell…… (p.381)

주인공은 법정에 선 이유도 모르는 채 무엇인가를 말해야 하는 상
황에 놓인다. 의사소통의 동기와 전달할 내용이 없는 주인공은 허공
만 응시할 수밖에 없다.

그러나 그녀에게는 침묵의 자유도 주어져 있지 않다. 어느 날 입에
서 갑자기 터져 나오는 말에 대해 허쉬 자이프만(Hersch Zeifman)은
다음과 같이 말했다

　　……입(Mouth)은 해야 할 말이 없어도 '적절한' 말을 찾으면서 '그녀
(She)'에 관한 말을 계속 할 것이다. 그러므로 베케트는 허공 속으로 말
을 쏟아내며 쓰기를 계속할 것이다.

　　……the Mouth will continue to talk about 'She' searching for the
'right' words to say even though there is nothing to say; so Beckett
will continue to write, spilling words into the void.[20]

자이프만에 따르면 할 말이 없으면 정확한 할 말을 찾아야 하는 것
이 '입'의 딜레마이다. 그리고 이 '입'의 딜레마는 바로 베케트의 딜
레마이다. 불완전한 의사소통의 도구로서의 언어를 이용하여 베케트는
한편으로 침묵으로서의 존재 상황을, 다른 한편으로는 무의미한 언어
로서의 문제적 존재 상황을 표현하려고 한다. 침묵 속에 빠져 있을
때 이 여인은 출생 이전의 기억을 의식하지 않아도 되는 것처럼 보인
다. 그러나 말의 억압으로 침묵 속에 빠져 있었기 때문에 주인공은
자신의 삶이 고통의 연속이었음을 짐작하게 되고, 걷는 동작만으로
살아 있는 사실을 확인할 수밖에 없었다.

　　……주로 걷는다……그 여잔 평생토록 걸었어……하루 또 하루…몇

---

20) Hersch Zeifman, "Being and Non-Being: Samuel Beckett's *Not I*" in *Modern
Drama,* Vol.19, No.1(March 1976), p.44.

발작 걷다가 멈추고 허공을 응시하고……그 다음엔 다시 걸어……조금만
더 걷다가……멈춰 서서 또 허공을 응시하고……그렇게 계속 하는 거
야……주변을 이리저리 헤맸어……날마다날마다……혹은 그녀가 울음을
터뜨렸던 그 때……그녀가 기억 할 수 있는 단 한 순간……젖먹이였던
그 때 이후로……

……walks mostly……walking all her days……day after day……a few
steps then stop……stare into space……then on……a few more……stop
and stare again……so on……drifting around……day after day……or that
time she cried……the one time she could remember ……since she
was a baby……(p.380)

그러면서도 그녀는 갑자기 찾아오는 말하고 싶은 충동의 기억에 대
해 다음과 같이 말한다.

……때로는 갑작스런 충동이……일년에 한 두 차례……어떤 기묘한
까닭으로 언제나 겨울철에만……지리한 저녁 무렵……암담한 시간들…갑
작스런 충동으로……지껄이고 싶어지면……뛰쳐나가 맨 처음 눈에 띄
는……가장 가까운 변소에 들어가……그걸 쏟아내기 시작해……줄기차게
쏟아져 나오는……미친 넋두리……절반가량은 발음도 엉망이라……아무
도 알아들을 수가 없어……남들의 시선을 의식하게 될 때 까지……그 때
부턴 부끄러워 죽고 싶어 져……비틀비틀 되돌아오지……일년에 한 두
차례……

……sometimes sudden urge……once or twice a year……always
winter some strange reason……the long evenings……hours of darknes
s……sudden urge to……tell……then rush out stop the first she saw……
nearest lavatory……start pouring it out……steady stream……mad stuf
f……half the vowels wrong……not one could follow……till she saw
the stare she was getting……then die of shame……crawl back in……

once or twice a year⋯⋯(p.382)

베케트의 다른 인물들의 경우와 마찬가지로 '입'의 주인공은 억압 상태에 있던 말이 갑자기 튀어나오는 경험을 무의식적으로 하게 된다. 그리고 이렇게 갑자기 터져 나오는 말은 주인공이 제어할 수 없는 성격의 것이다.

베케트의 다른 인물들과 비교할 때, '입'의 주인공은 일상생활에서 어린아이같이 무지하고 무능력하다는 것을 암시하는 장면이 많다. 관객은 그녀의 무기력함을 보게 될 뿐만 아니라 연민의 감정도 느낀다. 주인공은 소란스런 슈퍼마켓에서 입을 반쯤 벌린 태도로 허공을 응시한 채 물건을 사고 값을 치른다. 주인공은 영문도 모르는 채 법정에 출두하여 말할 것을 강요당한다. 그녀는 그동안 자폐상태에서 지내왔으며, 소외나 고독, 무력감으로 고통스런 삶을 살아왔다. 그리고 베케트의 다른 후기 작품들이 인과적 설명을 배제하여 추상적인 이미지만으로 작품을 구성한 것과 비교해 볼 때, 이 작품은 주인공의 과거, 현재의 경험들을 사실적으로 묘사하는 편이다. 주인공의 자기소외감은 그 이유가 무엇인지 분명하지 않다. 그러나 "그녀가 울음을 터뜨렸던 그때⋯⋯그녀가 기억할 수 있는 단 한순간⋯⋯젖먹이였던 그때 이후로⋯⋯어린애니까 울어제꼈을 거야⋯⋯출생의 울음만으로도 족해⋯⋯그녀가 계속⋯⋯숨쉬기 위해선⋯⋯그 뒤로 이날까지 더 이상 필요치 않았어⋯⋯이미 늙어빠진 지금까지⋯⋯(⋯⋯or that time she cried⋯⋯the one time she could remember⋯⋯since she was a baby⋯⋯must have cried as a baby⋯⋯perhaps not⋯⋯not essential to life⋯⋯just the birth cry to get her going⋯⋯breathing⋯⋯then no more till this⋯⋯old hag already⋯⋯)(p.380)"라는 말처럼 감정이나 사랑은 그것이 어떤 형태이건 모두 두렵고 위험스런 고통이 따른다고 회피해 온 것을 미루어 본다면, 그녀는 철저히 자신을 세상에서 소외시키고, 존재의 자각을 외면해 온 것을 알 수 있다. 그러나 침묵과 함께 걷는 동작만으로 삶을 영위해 온 그녀가 일 년에 한두 차례 말을 쏟아내는 것은 정체감에서 벗어나려는 본능으로 볼 수 있다. 게다가 강박적으로 말을 해야 하는 베케트 인물들의 말과 비교할 때 '입'의 주인공의 말은 섬광처럼 스쳐가는 성격의 것이다. "……갑자기 번쩍하고……어쩌면 그녀가 해야만 될 무언가가……말……해야만 하는……그렇게 될 수 있을까?……그녀가 말해야만 될 그 무엇……(sudden flash……perhaps something she had to……had to……tell……could that be it? ……something she had to……tell……)"(p.381)이라고 말함으로써 주인공은 자기를 억눌러 온 알 수 없는 실체를 암시한다. 그러나 그것은 "그녀 자신도 몰랐던 일을……그녀가 듣는다 해도 이해하지 못할……(……something she didn't know herself……wouldn't know if she heard……)" (p.381) 일이어서 침묵할 수밖에 없었다.

4월 아침에 기적같이 말문이 트였을 때 그녀는 이와 같은 갑작스런 변화를 자신이 새로운 형벌을 받고 있는 것이라고 생각했다. 그러나 곧이어 그녀는 "고통스럽다는 의미나 고통스럽다는 생각은 털끝만치도 없었다. (……meant to be suffering……ha!……thought to be suffering……having none……not the slightest……)"(pp.377-78)고 단호하게 부정해 버리는데, 이러한 부정은 오히려 그녀의 생애가 얼마나 고통스러웠는지를 드러내 준다.

결국 조산아로 출생해서부터 침묵하며 죄의식에 사로잡혀 보냈던 생애에 대한 서술과, 말년에 말문이 터지면서 주어진 자기표현의 기회에서 그녀가 확인하게 되는 것은 혼돈과 고통뿐이다. 자신의 존재 의미나 자신을 둘러싼 세상에 대한 혼란이 의식 속에 잠재해 있다가 어느 날 아침에 언어로 구체화되면서 그녀는 생애 그 어느 때보다도 극심한 혼란에 시달린다. 그녀는 제발 혀가 멈춰주기를, 자신에 대해 말해야 하는 고통에서 벗어나기를 기도하지만 응답은 전혀 나타나지 않는다.

……자꾸만 뭔가를 애걸하고 있어……그녀 속에는 무언가가 애걸해……당장 멈춰달라고……답이 없어……기도에 응답이 없었어……아니면 못 들었는지……너무나 희미해서……줄곧……계속……애쓸 수밖에……뭘 하는지도 모르면서……그녀가 찾고자 했던……찾으려는……몸 전체는 죽은 듯한데……입만이 미쳐버린 것처럼……계속……줄곧……뭐라구?……윙윙 소리?……맞아……줄곧 윙윙 거려……

……all the time something begging……something in her begging…… begging it all to stop……unanswered……prayer unanswered……or unheard……too faint……so on……keep on……trying……not knowing what……what she was trying……what to try……whole body like gone……just the mouth.……like maddened……so on……keep……what?……the buzzing?……yes……all the time the buzzing……(p.382)

'입'의 경험이 시사하는 것처럼 자아와 세상에 대한 의문은 어느 한계에 이르면 언어로 표출된다. 그것이 독백일 경우 자기만을 대상으로 하기 때문에 그 객관성을 확인할 수 있는 가능성을 상실한다. 주체로서의 이 여인은 자기혼돈에 빠져 있는 것이다. 그녀는 모든 것이 엉켜 있는 것 같은 이 세상에 태어나 70평생을 살아오는 동안 침묵 아니면 자기도 알 수 없는 말을 쏟아놓는 극단을 경험한다.

베케트는 언어의 혼란과 자아의 분열을 통해 존재의 문제적 상황을 그대로 드러냈다. 자기동일성을 상실한 인간은 혼란과 분열에 시달리는 것이다.

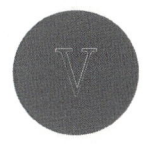

어둠과 죽음: 침묵의 언어

베케트는 초기극에서 침묵을 통해 존재의 인식을 지연시키면서 반복적이고 희극적인 언어의 사용을 작품구성의 원리로 채택하였다. 반면에 베케트는 후기극에서 존재의 의식은 무의미하다는 전제 아래 침묵을 작품구성의 원리로 채택한다.

후기극은 언어의 묘사적 기능에 의존하는 대사 대신, 극중 인물들로 하여금 자폐적인 침묵에 빠지게 만든다. 후기극은 그 구성이 초기극보다 더 상징적이며 등장인물들의 의식은 최대한 압축되어 극은 형식적으로 소품의 성격을 갖게 된다. 이는 앞장에서도 설명했듯이 존재의 부조리적 본질에 접근하는 것을 방해하는 이차적 요소들을 배제하고 일차적 요소만을 무대에 재현하기 때문이다. 따라서 후기극은 언어의 묘사적 기능의 흔적이 남아 있었던 작품들보다도 훨씬 더 추상적이고 상징적이다.

에슬린은 베케트의 극 형식의 특성에 대하여 다음과 같이 말했다.

본질에 충실 하는 경제성은 뛰어난 예술 작품이라는 증표 가운데 하나
이다. 베케트는 작가로서의 삶을 통해 경제성과 상징의 최고 수준에 도달
하기 위해 애써왔다. 공연의 극 형식은 단순한 이야기 구조보다도 훨씬
더 압축적으로 되어가는 경향이 있는데, 방만한 산문에서 설명 될 필요가
있는 이미지가 무대 위에서는 구체적이고 즉시 인지할 수 있도록 만들어
질 수 있기 때문이다. 베케트가 쓰는 드라마의 유형은 전위적인 구상시형
식이고, 3차원의 무대 이미지를 갖고 있으며, 짧은 시간 내에 시각적 직
관에 의해 이해할 수 있는 복잡한 은유 시이다.

Economy-concentration upon essentials-is one of the hallmarks of
supreme artistry. Throughout his life as a writer Beckett has striven
to reach the utmost degree of economy and density. Dramatic forms
of presentation tend to be more economical than mere narrative, for
here the images, which need to be described in discursive prose, can
be made concrete and instantly perceptible on the stage. Drama of
the kind Beckett writes is poetry of concrete, three-dimensional stage
images, complex metaphors communicable in a flash of visual
intuitive understanding.[1]

경제적인 표현의 절제로 시적 이미지가 주된 구성요소인 베케트의
후기극들은 존재의 인식의 통로인 언어의 기능상실에 따른 정체감에
대해 새로운 해결책을 제시한다. 극작가로서 이름이 알려지기 전에
소설을 썼던 베케트는 언어의 묘사적 기능에 의존하는 소설보다는 언
어 이외의 모든 가능한 매체들을 수단으로 하는 극 무대에서 작가로
서의 문제적 한계를 벗어날 수 있었다. 베케트가 지적 추론에 의해
작품을 분석하지 말고 직관으로 느끼도록 관객들에게 요구했던 점에
미루어 본다면 그는 존재의 상황을 건조하게 드러내 보이는 극 형식

---

1) Martin Esslin, *Mediations*: *Essays on Brecht, Beckett and the Media* (Baton
Rouge: Louisiana State University Press, 1980), p.123.

에서 새로운 예술적 실험의 출구를 찾았다. 무대를 통해 베케트는 소
설에서는 불가능했던 두 가지 자유를 얻게 되는데 이 점을 마이클 로
빈슨(Michael Robinson)은 다음과 같이 지적했다.

> 베케트는 극장을 통해 두 가지 자유를 얻게 된다. 즉, 말과 말 사이의
> 여백을 탐구 할 수 있는 기회와 언어가 갖고 있는 신뢰 할 수 없는 부분
> 에 대한 시각적인 증거를 제시할 수 있게 되었다는 점이다.

> The theatre allows Beckett a double freedom: the opportunity to
> explore the blank spaces between the words and the ability to
> provide visual evidence of the untrustworthiness of language.[2]

베케트는 무대에서 말과 말 사이의 여백을 탐구할 수 있는 기회를
갖게 되었고, 무대자체를 언어의 한계를 노출시키는 가시적인 매체로
활용할 수 있었다. 여기에서 로빈슨이 지적한 말 사이의 여백이란 언
어의 한계로 인해 표현의 맥이 끊긴 침묵, 즉 휴지(Pause)를 의미한
다. 베케트의 후기극들은 빈번한 휴지(Pause)로 인해 말이 토막토막
끊어지고, 관객들은 말의 여백 사이에서 자신의 경험을 반추한다.

베케트의 초기극이 대사에 의존하는 것과는 달리 후기극에서 대사
는 극 구성요소들 가운데 하나일 뿐이고, 또 그다지 중요한 위치를
차지하지도 않는다.(language is only one vehicle among many and
not the most important)[3] 에슬린은 베케트의 언어는 본래의 기능이
해체당한 언어(the breakdown, the disintegration of language)[4]임을
지적한다.

---

2) Michael Robinson. *The Long Sonata of the Dead: A Study of Samuel Beckett*
   (New York: Grove Press, 1969), p.230.
3) Michael Robinson, p.230.
4) Martin Esslin, *The Theatre of the Absurd* (New York: Penguin Books, 1977),
   p.85.

언어는 대화 상대에게 의사를 전달하고, 서로 간의 이해를 목적으로
하는데, 언어가 이러한 기본적인 기능을 수행하지 못하는 것을 인식한
베케트는 무대의 구체성(concreteness)과 다원적(three-dimensional) 성
격에 의존해서 언어의 한계를 넘어설 수 있었다.

> 베케트는 언어가 존재상황을 형상화 하는데 충분하지 않다라는 그의
> 분명한 인식에도 불구하고, 무대를 사용해서 그가 표현하려고 하는 인간
> 상황에 대한 느낌, 즉 존재의 (부조리 상황에 대한) 인식과 언어의 한계
> 사이에 간극을 줄이기 위한 시도를 한다. 베케트는 사상과 존재 탐구의
> 도구로서 언어에 새로운 역할을 부여하기 위해 (무대의) 구체성과 3차원
> 의 특성을 이용한다.

> Beckett's use of the stage is an attempt to reduce the gap
> between the limitations of language and the intuition of being, the
> sense of the human situation he seeks to express in spite of his
> strong feeling that words are inadequate to formulate it.
> The concreteness and three-dimensional nature of the stage can be
> used to add new resources to language as an instrument of thought
> and exploration of being.[5]

베케트는 언어의 한계와 존재의 부조리적 본질에 대한 직관에서 유
발되는 간극을 줄이기 위해 무대에 의존하여 부조리적 존재 자체를
그대로 드러내고, 언어로 설명할 수 없는 부분은 시청각매체를 도입
하여 극복하였다.

베케트에게 극중 인물은 사건을 유발하는 행위자로서의 역할보다는
극이 의도하는 주제를 가시화시키는 데 매개체가 되고 있다. 그리고
후기극으로 접어들수록 심화되는 극중 인물의 정체성으로 인해 관객

---

5) Martin Esslin, p.85.

을 언어행위에 집중하게 하는 효과의 극대화는 이미 『나는 아니야』
(*Not I*)에서 암시되었다. 베케트는 표현해야 할 대상이나 매체, 능
력이 없는 상황에서 오직 작가로서의 의무감만 남아 있는(there is
nothing to express, no power to express, no desire to express,
together with the obligation to express) 중압감에서 벗어나 후기에
는 소품들을 계속해서 발표하게 된다.

이상, 베케트가 작가로서 언어의 한계에 대한 인식과, 그로 인해 언
어보다는 무대적 특성에 의지하여 언어의 한계를 탈피한 후기극의 특
성을 살펴보았다. 그러면 이러한 특징을 잘 나타내 주는 작품인 『발
자국 소리』(*Footfalls*)의 분석을 통해서 앞에서 언급된 후기극의 특징
들을 구체적으로 살펴보겠다.

『발자국 소리』는 『나는 아니야』라는 작품처럼 등장인물의 의식이
분열되어 주인공은 자신의 목소리를 타자화하거나 마치 다른 인물인
것처럼 설정하여 대화를 하는 상황 속에서 내용이 전개된다.

우선, 무대지시를 살펴볼 필요가 있다.

메이(May), 헝클어진 회색 머리카락에 발 까지 감추어지는 낡은 회색
옷을 입고 옷을 질질 끌며 걷는다.
여인의 목소리 (Woman's voice), 어두운 무대 후면에서 들려온다.
가늘고 긴 천: 전면 무대에 객석과 나란히 놓여 있는데 길이는 일곱
걸음 정도, 폭은 일 미터 이며, 중심에서 관객의 오른쪽으로 약간 떨어져
있다.

May(M), dishevelled grey hair, worn grey wrap hiding feet,
trailing.
Woman's Voice(V) from dark upstage.
Strip: down stage, parallel with front, length nine steps, width one
metre, a little off centre audience right.

걸음: 오른쪽(R)으로부터 왼쪽(L)으로 오른 발(r)이 먼저 나가고, 왼
   쪽에서 오른쪽으로는 왼 발(L)이 먼저 나간다.
회전: L에서 반대쪽으로, R에서도 반대쪽으로.
발걸음: 뚜렷하게 들리며 장단이 잘 맞는 발걸음.
조명: 어슴푸레 한데, 무대 바닥이 제일 강하고 몸이 그 보다 좀 덜
   하며 머리가 가장 희미하다.
목소리: 두 사람 다 줄곧 나지막하다.
막이 오른다. 무대는 완전히 컴컴하다.
한 줄기 희미한 차임 소리. 여운이 사라진다. 사이.
긴 천위로 희미하게 조명이 비춘다.
무대 나머지 공간은 어둠 속에 갇힌다.

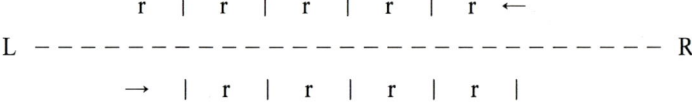

Steps: clearly audible rhythmic tread.
Lighting: dim, strongest at floor level, less on body, least
     on head.
Voices: both low and slow throughout.
Curtain, stage in darkness.
Faint single chime, Pause as echoes die.
Fade up to dim on strip. Rest in darkness. (p.399)

   위에 나타나 있는 것처럼 이 극은 후기극의 특성인 시각과 청각의
매체를 효과적으로 결합시킨 이미지 극이다. 이 극에서는 주인공 메
이(May)의 발자국 소리와, 무대 뒤에서 들리는 챠임벨 소리, 보이지
않고 목소리만 들리는 또 다른 인물 '목소리'(Voice), 또 메이의 신체
는 어둠에 갇혀 있고 발에만 집중하는 조명이 이 극의 분위기를 포괄
적으로 설명해 준다. 주인공의 정체성과 한계적 언어의 상관관계는

베케트 극의 일관된 모티프이다.

『고도를 기다리며』는 어느 정도 자유로운 신체의 움직임이 이루어지는 가운데 극이 진행되는 것에 비해 『엔드게임』에서는 운신할 수있는 공간이 휠체어로 제한된다. 함(Hamm)은 불구에 장님으로 등장해서 크롭(Clov)과 서로 대화를 하려고 애쓰는 가운데 독백으로 이행될 조짐을 보여준다. 『행복한 날들』에 이르면 하체는 흙더미에 묻힌채 상반신만 무대에 등장하여 극이 진행되면서 몸은 점점 흙더미에묻히고, 위니(Winnie)의 독백으로 일관된 언어행위도 침묵으로 일관될것같이 보인다. 또 『연극』은 처음부터 움직임이 제거된 채, 마치 무덤에 갇힌 형상으로 제시된다.

이와 같이 신체의 불구, 정체성은 언어의 문제적 상황과 밀접한 관계를 갖고 있다. 『발자국 소리』에서 행위의 주체는 메이이다. 그런데무대지시에 따르면 조명은 발에만 제한되고 몸은 어둡고, 머리 부분은 완전히 깜깜하다. 머리에서 이루어지는 행위는 언어행위이다. 그렇기 때문에 이 극은 언어가 소멸된 상황임을 암시하는 것 같다.

이 극에서 행위의 주체는 메이이고, 메이는 자유롭게 움직일 수 있는 것처럼 보이지만, 그녀가 움직이는 공간은 그 폭이 일곱 걸음 정도 걸을 수 있는 넓이에 지나지 않고, 그나마 발만 조명 속에서 움직이고 있어서 존재에 대한 최소한의 증거만 추정할 수 있을 뿐이다.

인물은 소도구에 불과한 위치로 격하되고, 주인공이 내는 발자국소리가 극 전체를 지배한다. 이런 특징은 『연극』에서도 비슷한 양상으로 나타나고 있는데, 등장인물들은 형상이 일그러져 신분에 대한구분이 어려운 가운데 매몰되어서 등장하고, 조명(spotlight)이 일종의심문자로서, 극을 연출하는 것처럼 보인다. 『발자국 소리』는 신체의한 부분이 극의 주제를 드러내는 이미지로 작용하면서 등장인물 메이의 유령과 같은 모습이 초현실적인 분위기를 자아낸다. 무대지시에서언급된 것처럼 메이는 헝클어진 회색머리에 발까지 내려오는 낡은 회색옷을 끌며 걷는다.

마치 유령과 같은 그녀의 모습에서 관객은 그녀가 현실과는 유리되어 죽음과 다름없는 삶을 살고 있음을 알게 된다. 『나는 아니야』에서 한 여인이 입을 반쯤 벌린 채 사회에서 유리되어 겉도는 모습처럼, 메이는 "소녀시절 이후로, 자기 또래의 소녀들처럼 밖을 나다니지 않고(She has not been out since girlhood……Not out since girlhood……When other girls of her age were out at……)" (p.401) 집안에서 걷기만 하는 모습으로 등장한다. 베네딕트 나이팅게일(Benedict Nightingale)이 베케트 작품에 등장하는 인물들 모두가 정서적으로 위축된 사람들6)이라고 말한 것처럼, 메이를 위시한 베케트의 인물들은 살아 있으나 산 것이 아닌 생중사의 방식으로 인간의 삶이 아니라 사물(thing)과 같은 삶(a life, which didn't begins as a life but which was just there, as a thing.)7)을 살고 있는 것이다. 좁은 띠 위를 반복해서 왔다 갔다 해야 하는 것이 이 극이 보여주는 유일한 동작이고, 그녀는 자신이 생존하고 있다는 의식을 거행하듯이 일정한 속도로 걸음을 걷는다.

이 극은 베케트의 언어에 대한 인식과정을 포괄적으로 보여준다. 일상적인 의사소통의 불가능에서 소외감을 느낀 주인공은 독백을 하게 되고, 그러다 대화 상대가 필요하면 의식을 분열시켜 또 하나의 나를 만들어 대화를 하는 극단적인 자기반영 현상이 극 안에 다 포함되어 있다. 그런 면에서 본다면, 이 극은 베케트가 작가로서 끈질기게 탐색해 온 자기분열적 존재와 언어의 문제에 대한 결산이 된다.

15분 정도 소요되는 짧은 이 극은 네 부분으로 나뉜다. 베케트는

---

6) Benedict Nightingale, *50 Modern British Plays* (London: Heinemann, 1982), p.265.

7) Walter Asmus, "Rehearsal Notes for the German Dremiere of Beckett's That Time and Footfalls" in S.E. Gontarski ed., *On Beckett: Essays and Criticism* (New York: Grove Press, 1986), p.338.

장과 장 사이에 암전과 챠임벨을 두어 구분한다.

첫 번째 장은 모녀 사이에 이루어지는 일상적인 대화로 시작된다.

메이: 다시 주사를 놔 드려요?

목소리: 그래, 하지만 너무 일러. (사이)

메이: 자세를 좀 바꿔 드릴까요?

목소리: 그래, 하지만 너무 일러. (사이)

메이: 베개를 고쳐 드릴까요? (사이) 침대보를 갈아 드려요? (사이) 변기 드릴까요? (사이) 더운 물 주머니? (사이) 아픈 데를 좀 봐 드릴까요? (사이) 등 밑에 스펀지를 넣어 드려요? (사이) 마른 입술을 좀 축여 드릴까요? (사이) 같이 기도 할까요? (사이) 엄마를 위해서? (사이) 다시 한 번. (사이)

목소리: 그래, 하지만 너무 일러. (사이)

메이: 제가 지금 몇 살이죠?

목소리: 나는? (사이. 더 크지 않게.) 나는?

메이: 아흔.

May: Would you like me to inject you again?

Voice: Yes, but it is too soon.

[Pause]

May: Would you like me to change your position again?

Voice: Yes, but it is too soon.

[Pause]

May: Straighten your pillow? [Pause] Change your drawsheet? [Pause] Pass you the bedpan? [Pause] The Warming-pan? [Pause] Dress your sores? [Pause] Sponge you down? [Pause] Moisten your lips? [Pause] Pray with you? [Pause] For you? [Pause] Again. [Pause]

Voice: Yes, but it is too soon. [Pause]

May: What age am I now?

Voice: And I? [Pause. No louder] And I?
May: Ninety (p.400)

병간호에 연관된 질문과 대답이 오가지만, 이러한 질문은 아주 기
계적이고, 대답을 요구하는 질문이기보다는 습관화된 말들의 나열이
다. 베케트는 이 극을 연출할 때 대사를 천천히, 분명하게 말하는 것
을 피하고, 감정이 배제된 단조로운 음성으로 말하도록 지시했다. 이
러한 사실은 내용을 전달한다는 의미보다도 말을 하는 그 자체에서
전달되는 극적 효과를 중시[8]하고 있음을 의미한다. 어머니는 오랫동
안 병석에 누워 있었다는 사실만 짐작될 뿐, 모습은 보이지 않은 채
무대 뒤에서 목소리만 들려온다. 이어지는 어머니의 질문에 메이는
대답하지 않고 질문을 무시한 채 계속 걷는다. 첫째 장에서의 대화는
언어 자체가 갖고 있는 한계에 속박된 상태(dialogue is chained to
the limits of language)[9]로 드러나서 서로에게 아무런 위안도 주지
못하게 된다. 그리고 대사는 빈번한 휴지(Pause)에 의해 계속 이어지
지 않기 때문에 언어행위의 한계를 보여준다.

목소리: ……메이 (사이. 더 크지 않게) 메이.
메이: (걸으며) 네, 엄마.
목소리: 정말 그만 두지 않겠니? (사이)
       정말 그만 두지 않겠니? …… 그 모든 걸 생각 하는 것을?
메이: (멈춰서며) 그거요?
목소리: 그 모든 걸. (사이)
       네 불쌍한 마음속에 (사이) 그 모든 걸 (사이) 그 모든 걸.
       (메이는 계속 걷는다. 5초. 긴 천이 서서히 어두워진다. 완전
       한 어둠. 발소리가 멎어 조용하다. 사이. 조금 더 희미해진 차

---

8) John Calder, *As No Other Dare Fail* (New York: Riverrun Press, 1986), p.81.
9) Alfred Simon, *Samuel Beckett* (Paris: Pierre Belfond, 1983), p.437.

임벨소리. 여운이 사라진다. 사이. 긴 천에 아까 보다 조금 덜 밝은 조명이 들어온다. 나머지는 컴컴하다. 메이가 R에서 정면을 향해 서 있는 것이 보인다. 사이.)

Voice: ……May [Pause. No louder] May.
May: [Pacing] Yes, Mother.
Voice: Will you never have done? [Pause]
       Will you never have done……revolving it all?
May: [Halting] It?
Voice: It all. [Pause] In your poor mind. [Pause]
       It all [Pause] It all.
       [M resumes pacing. Five seconds. Fade out on strip. All in darkness. Steps cease. Pause. Chime a little fainter. Pause for echoes. Fade up to a little less on strip. Rest in darkness. M discovered facing front at R. Pause.]
       (pp.400-01)

이 대사는 세 번째 장의 끝부분에서도 똑같이 반복된다. 이러한 반복의 효과는 일곱 걸음 정도 걸을 수 있는 일 미터의 작은 띠 위에서 일정하게 계속되는 메이의 발걸음과 더불어 일상화한 정체감을 나타내 주게 된다.

"정말 그만두지 않겠니? 정말 그만두지 않겠니? ……그 모든 걸, 생각하는 모든 것을? (Will you never have done? ……Will you never have done……revolving it all?)"이라는 어머니의 목소리에서 그들이 대화를 하는 중에, 그리고 존재를 확인하기 위한 또 다른 행위로 쉼 없이 걷는(walking) 중에도 메이의 의식 속에 가라앉아 있는 존재의 정체성에 대한 의식이 암시된다. 메이의 고통스런 의식이 이 작품의 모티프이다. 이 모티프와 관련하여 처음에 이 극의 제목은 *It all*과 *Footfalls* 두 개였다.10) 그러나 주인공 메이가 걷는 행위를 주된 이미지로 잡아 *Footfalls*로 정했다는 점에 미루어 본다면 이 극은 존재의 문제적 상황의 재현이다. 그러나 메이는 끊임없이 걷는 동작을 하면서, 또 의식을 분열시켜 대화의 상대를 만들어 보려고 하지만 이러한 시도는 결국 실패한다. 도브래츠(Dobrez)의 말처럼 여러 차례 반복되어 언급되는 "It all"은 말로서 표현할 수 없는 존재의 고통 ("the unspoken, unable-to-be-spoken fact, that of suffering, that is to say of being.")11)이다. 그리고 어머니는 메이에게 고통스런 기억을 그만두기를 요청한다.

그러나 간곡하게 되풀이되는 어머니의 요청에 대해서 메이는 아무런 대답도 하지 않고 정면을 응시한 채 걷기만을 계속해서, 어머니의 요구는 무시된 채 이들의 대화는 더 이상 진행되지 않는다. 침묵 속에서 발자국 소리와 옷이 끌리는 소리가 들린 후에 메이는 네 번에 걸쳐 걸음을 멈추고 정면을 응시하는데, 이로 인해서 관객은 메이가 계속해서 또박또박 걷는 중에 자신의 존재인식의 문제가 되살아남을 짐작하게 된다.

이와 같은 장면은 각 장이 끝날 때마다 계속되고 있는데 그녀의 의식 속에서는 의식의 진행을 중단시키고 싶어 하면서도 말을 할 수밖에 없는 상황임을 알게 된다. 무엇인가 말로 표현하려고 애쓰지만, 표현할 수 없는 좌절감은 휴지(Pause)에 의해서 분절화되고, 머뭇거리는

---

10) 베케트의 작품의 공통된 주제는 인간의 고통을 드러낸 것이다. 『발자국 소리』도 주인공 메이가 처해 있는 고통스런 상황을 나타내서, 메이의 고통은 띠위를 반복하여 걷는 행위의 연속처럼, 끝나지 않고 계속되리라는 것을 극화한 것이다. 그러나 후기극에서는 이미지로 언어의 한계를 대신하기 때문에 "고통, 그 모든 것"을 의미하는 *It all*보다는, 메이가 극 중에서 반복하여 걷는 발자국의 시각, 청각의 이미지가 더 효과적이라는 판단으로 *Footfalls*를 제목으로 택한 것이다. 『발자국 소리』가 베케트의 대표적인 후기극이기 때문에 *Footfalls*라는 제목이 훨씬 더 적합하다.

11) L. A. C. Dobrez, *The Existential and Its Exits* (London: The Athlone Press, 1986), p.32.

그 자체의 이미지만 관중에게 전달된다.

첫 번째 장에서 기계적인 대화로 의사전달에 실패하고, 두 번째, 세 번째 장에서는 독백이 이어진다. 즉, 두 번째 장은 어머니의 '목소리'의 독백으로 시작하고 메이는 청자(Listner)의 역할을 한다. 이 장의 특징은 '목소리'가 관객에게 직접 이야기를 하는 듯한 형식을 취한다는 점이다. '목소리'는 "자, 이제 그녀가 움직이는 걸 조용히 지켜보자. 얼마나 절묘하게 도는지 보라구.(But let us watch her move, in silence. Watch how feat she wheels.)"(p.401)라고 말하며 메이의 내면을 객관화시키려는 것처럼 보인다.

이러한 의도에 첫 장면은 다음과 같이 시작된다.

> 목소리: 난 지금 여기서 걷는다. (사이) 어쩌면 와서 서 있는 것이다. (사이) 황혼녘에. (사이) 내 목소리가 저 애 마음속에서 울린다. (사이) 저 애는 자기가 외롭다고 공상을 한다. (사이) 저 애가 얼마나 참고 있는지 얼굴을 벽으로 향한 채 얼마나 꼿꼿이 서 있는지 보라구.

> Voice: I walk here now. [Pause] Rather I come and stand. [Pause] At nightfall. [Pause] She fancies she is alone. [Pause] See how still she stands, how stark, with her face to the wall. (p.401)

"난 지금 여기서 걷는다. [휴지] 어쩌면 와서 서 있는 것이다."라는 '목소리'의 말에서 "I"의 주체는 어머니이지만, 또한 무대에 등장해서 걷고 있는 것은 메이다. 어머니로서의 '목소리'는 결국 메이의 분열된 목소리이기 때문이다. 그런데 메이는 자신의 과거를 서술하면서 그 경험이 자신의 것이 아니고 다른 사람의 것이므로 자신의 삶은 고통스럽지 않다고 생각한다. 메이가 "I"로 시작하던 대화를 삼인칭

"She"로 바꿔 놓은 것은 역으로 자신의 삶을 제삼자의 입장에서 보려는 태도로 해석된다.

이는 『나는 아니야』에서도 무대에 걸려 있는 등장인물 '입'(Mouth)이 자신의 과거를 서술하면서, 그 경험의 주체가 내가 아니고(Not I), 그녀(She)라고 외치면서 자신의 고통을 객관화하려는 것과 같은 맥락에서 해석할 수 있다. 이에 대해 라이온즈는 다음과 같이 말하고 있다.

> 3인칭 서술과 부정 대명사로의 전이는 개인사와 관계없는 것처럼 보이는 분리 자아로 만들면서 텍스트를 객관화 하는데 기여한다.

> The Shift into third-person narrative and the indefinite pronoun both work to objectify the text, making it into a separate entity that seems disconnected from personal history.[12]

또한 관객들은 독백을 통해서도 표현의 욕구를 해소하지 못하고 발자국 소리만으로 존재의 소리를 울려보는 메이의 상황을 보게 된다.

그런데 『나는 아니야』에서처럼, 자신을 경험의 주체가 아니라고 부인하면서 자신을 '그녀'(She)로 타자화하는 이유를 밝힐 필요가 있다. 『나는 아니야』는 한 여인의 삶의 서술이다. 이 작품도 메이라는 여인의 이야기다. 이들은 고통스런 기억을 다른 여인(She)에게 전가한다. 베케트 작품이 다루는 존재의 문제적 상황은 보편적인 경험이다. 이 작품은 이러한 존재의 문제적 상황에 모녀관계의 문제를 추가한다.

베케트에게 탄생의 문제는 축복과 관심이 아니고, 이해할 수 없는 고통 속으로의 내던져짐이다. 이러한 피투성(thrown-out)의 상황은 베케트 극 전반에 걸쳐서 일관되는 주제이다. '태어남'이라는 사실은 베케트의 모든 작품에서 비관적인 시각에서 처리된다. 이 작품 중에도

---

12) Charles Lyons, *Samuel Beckett* (New York: Grove Press, 1983), p.168.

"널 늦게 낳았단다. [휴지] 내 생애에 [휴지] 날 다시 용서해라. [휴지. 더 크지 않게] 날 다시 용서해라.(I had you late. [Paues] In life. [Pause] Forgive me again. [Pause. No louder.] Forgive me again.)"(p.400)라는 '목소리'의 말에 메이는 아무런 대답도 없이 띠 위를 한 차례 돈 뒤, 뚫어지게 정면을 응시하는 장면으로 이어진다. 발자국 소리는 '목소리'에게 있어서 메이의 존재를 인식시키고, 또한 메이의 탄생에 의한 죄책감을 불러일으키는 수단이 된다. 시몬(Thomas Simone)은 이 점을 다음과 같이 지적하고 있다.

> 발자국(Footfalls)이 중요하게 전달하려는 바는 메이가 존재의 시작(탄생)과 끝(죽음)의 신비를 꿰뚫어 보려고 시도 하는 데에 있다. 이런 특정한 강박증의 이미지는 메이가 자신이 정신적 혹은 감정적인 탄생 없이 존재하게 되었다는 인식에서 기인된다. 이런 이유에서 어머니와 딸의 이미지는 끔찍한 아이러니로 채워진다. 여성이미지와 절망에 초점을 맞춘 출산실패로 인해 육체적으로 출생의 기적과는 상관없이 존재하게 된 여인이 비난 하듯 (정면을 응시하며) 서 있을 때 비극적 분위기가 창출된다.

> The central mediation of *Footfalls* is May's attempt to penetrate the mystery of the beginnings and, consequently, the endings of existence. The specific image of obsession derives from May's belief that she has come into existence without spiritual or emotional birth: thus the imagery of mother and daughter is charged with a terrible irony. The particular failure of procreation-with its focus on female images and despair-helps to create a mood of tragedy, when all of being stands accused by the woman who exists physically outside the miracle of birth.[13]

---

13) R. Thomas Simone, "Faint, though by no means invisible": A Commentary on Beckett's Footfalls. in *Modern Drama.*, 26 : 4(December, 1983), pp.435-36.

시몬의 지적처럼 정신적이고 감정적인 의미 없이 탄생하는 상황에서 메이가 존재의 시작과 끝에 대해서 탐색하고자 하는 시도는 탄생에 대한 절망과 비극적 인식으로 귀결된다.

세 번째 장은 메이의 독백으로 시작한다. 이 장은 걷는 속도가 느려지면서 극적인 긴장감은 고조된다. 삼인칭으로 소격효과를 유도하고, 또박또박 규칙적으로 걸음으로써 인식을 지연시키는 시도는 이 장에서 가장 명백하게 드러난다. 메이는 또 다른 노력의 일환으로 허구의 이야기를 만들어낸다. 즉, 그녀는 자신의 이야기를 아미(Amy)─이는 메이(May)의 철자를 바꾸어 놓은 이름이다─라는 허구의 소녀에게 투사시켜서 자신의 존재를 객관화시키려는 의지를 드러낸다. 메이의 서술 중에 아미와 윈터 부인(Old Mrs. Winter)이라는 두 모녀가 저녁식탁에 앉아서 이야기하는 중에 윈터 부인은 아미에게 저녁기도 시간에 이상한 것을 느끼지 못했느냐고 묻는다.

> ……왜 그래요, 엄마, 딸이 말했다. 좀 이상한 소녀인, 더 이상 소녀라고 할 수 만은 없는……(띄엄띄엄)……끔찍하리만치……(사이. 정상적인 목소리로)……그녀는 더듬거리며 말했다. 에이미를 응시하며, 더듬거리며, 에이미, 너 뭔가 느낄 수 있었지.……저녁 기도에서 이상한 걸?……그게 정확하게 뭐죠, 엄마. 내 상상 이었나보다 라고 하신 그……엄마가 느낀 이상한 게? (사이)

> ……What is it, Mother, said the daughter, a most strange girl, though scarcely a girl any more……[Brokenly.]……dreadfully un……[Pause, Normal voice]……[Pause]-she murmured, fixing Amy full in the eye she murmured, Amy did you observe anything……strange at Evensong? ……Just what exactly, Mother, did you perhaps fancy this……strange thing was you observed? [Pause] (pp.402-03)

메이는 이 허구의 이야기를 서술해 나가면서 이상한 존재에 대해서 언급할 때는 더욱더 말을 이어나가지 못하고 더듬거려서 말은 자주 끊어진다. 이상한 소녀인, 더 이상 소녀라고 할 수 만은 없는 (a most strange girl, though scarcely a girl any more……) (p.402) 아미는 결국 메이 자기자신을 지칭한다. 메이의 자신을 타자화하는 시도는 말이 자주 끊어지고 이어나갈 수 없는 상황이 암시하는 것처럼 실패로 끝난다.

"이상한 것"(a strange thing)을 보았느냐는 어머니의 질문에 아미는 자신은 본 적도 없고, 그 자리에 있지도 않았음을 밝힌다.

> ……이상하거나 않거나 아무것도 느끼지 못했기 때문이에요. 전 아무것도 보지 못했고, 아무것도 듣지 못했어요. 전 거기에 있지 않았어요. 윈터 부인: 거기에 있지 않았다구? 에이미: 거기에 있지 않았어요.

> ……For I observed nothing of any kind, strange or otherwise. I saw nothing, heard nothing, of any kind. I was not there, Mrs. W: Not there? Amy: Not there. (p.403)

이 부분은 베케트의 인물들이 공통적인바,[14] 부조리한 상황을 겪고 있다는 의식에서 오는 고통을 드러내고 있다. 메이는 허구의 이야기

---

14) 베케트의 초기극이 인간의 실존이라는 존재의 문제를 규명하려 했다면, 후기극으로 갈수록 주인공들은 자신들이 '진리의 현장에 부재하다'는 불확실성을 깨닫는 인식의 문제 때문에 고통을 겪는다. 따라서 신화적인 비유 시에 베케트의 초기극이 시지푸스(Sisyphus)에 가깝다면, 후기극은 영원히 갈증의 고문을 당한다는 탄탈로스(Tantalus)의 비유가 적합하다.(황훈성, 베케트 드라마투르기의 현재적 의미, *현대 영미희곡* 3, 1993, pp.27-28 참조.) 예를 들어, 베케트의 대표적인 후기극인 『대사 없는 막 I 』(*Act Without Words I*)에서 주인공이 천정에서 내려오는(잡지 못하게 장치가 되어 있는) 물건을 잡으려고 헛된 손짓을 하는 모습이나, 『카스칸도』(*Cascando*)에서 구도의 순례길에 떠난 주인공이 결국 표류하는 뱃바닥에 누워 있을 수밖에 없는 장면에서, 베케트 인물들의 진리에 대한 갈증은 영원한 고통을 상징한다.

로 자신을 객관화시켜 보지만, 그 타자화한 자기는 결국 자기에게로 회귀한다. 메이의 의식은 자기반영성의 한계를 탈출하지 못하는 것이다. 메이는 자신의 발자국 소리를 듣고 싶어 한다. "아무 소리도 없어요, 아무 소리도 들리지 않아요.(No sound. None at least to be heard.)"(p.402)라는 대사에서 살아 있음을 의식하기 위해서 계속 걷는 것은 절망적인 동작에 불과하다. 메이의 독백 끝부분에는 "그 모든 걸 생각하는 것을 그만두지 않겠니?(Will you never have done······revolving it all?)"(p.403)라는 첫 번째 장의 끝부분이 다시 되풀이되고 있어서, 메이의 자기반영적인 욕망은 띠 위를 왔다 갔다 하는 순환의 구조 속에서 맴돌 뿐임을 암시한다. 자주 휴지(Pause)로 분절되어 문장은 완성되지 못한 채, 똑같은 문장을 반복해서 언급하기 때문에 메이의 서술은 순환적인 구조 속에서 맴돌 뿐이다. 메이가 존재의 인식을 지연시키는 구조에서 벗어나 자신의 상황을 인식하려는 욕구는 시도로 그칠 뿐이다.

마지막 네 번째 장에서 메이의 대화와 독백은 문제적 상황의 특정한 의미를 제시하지 않은 채 침묵으로 이어진다.

> 약간 더 희미해진 차임벨소리. 여운이 사라진다.
> 사이. 긴 천위에 조명이 어슴푸레하게 비친다.
> 메이의 자취는 보이지 않는다. 그 상태로 10초.
> 조명 서서히 어두워진다.
>
> Chime even a little fainter still.
> Pause for echoes. Fade up to even a little less still· on strip.
> No trace of May. Hold ten seconds.
> Fade out. (p.403)

대신 장면의 전환을 암시하는 장치인 차임벨 소리와 메이의 발자국 소리는 침묵을 배경으로 중요한 청각적 기능을 갖는다. 이에 대하여 시몬은 다음과 같이 말하고 있다.

> 침묵상태 이지만, 청각 이미지는 대단히 풍부하고 섬세하다. 네 장으로 이루어진 가운데 각 장면으로 넘어 갈 때마다 울리는 차임 벨 소리와 끊이지 않고 걷는 메이의 발자국 소리가 침묵을 배경삼아 울린다. 목소리 간의 대조, 말의 리듬과 두 여자의 휴지(Pause)도 역시 상당한 정도로 이 극의 청각적 효과를 이루고 있다.

> Aural imagery, while muted, is extremely rich and detailed. A chime that echoes introduces each of the four scenes, and the insistent footsteps of May sound out against the surrounding silence. The contrast between the voices, and the rhythm of speech and Pause of the two women, also make up a large part of the aural impact of the play.[15]

시몬은 이어서 베케트는 메이의 존재의지가 소멸되고 있다는 상징으로 벨소리는 점차 작게 들리게 하고, 조명은 어둠에 가깝게 만들고 있다고 분석한다. 이와 같은 시청각 효과는 베케트의 후기의 이미지극에서 언어의 역할을 대신한다. 이 극에서 벨소리는 소리의 강도로 메이의 실존적 상황의 긴박감을 암시해 줄 뿐만 아니라, 메이의 피투성(thrown-out) 상황의 청각적 이미지로 작용한다. 침묵에 잠겨 있던 메이는 벨소리만 울리면 의식이 깨인 듯 반사적으로 걸음을 내딛게 되고, 조명은 서서히 움직이는 발을 따라간다. 이러한 기법은 『연극』에서 (의식의) 무덤에 갇혀 있는 주인공들이 침묵에 빠져 있다가 조명(spotlight)이 자신의 머리에 비치면 그때부터 말하기 시작하는 것과

---

15) R. Thomas Simone, p.435.

비슷하다. 따라서 마지막 장에서 메이의 존재는 무대에서 소리와 빛의 소멸과 더불어 사라지는 것처럼 보인다. 아무런 장식이 없는 무대공간에서 말을 더듬거리며 정면을 응시하다가, 걷고 하는 메이의 상황은 베케트가 파악하고 있는 존재의 문제적 상황의 상징적 이미지이다.

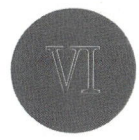

언어의 한계 극복

　언어는 의사소통을 바탕으로 주체와 사회의 매개체로 작용하면서 인간이 존재의 현실을 접근하게 하는 기능을 갖는다. 그러나 언어는 오늘날 에슬린의 표현대로 평가가 절하(a radical devaluation of language)[1]되어 언어의 본래적 기능이 수행되지 않게 되었다. 의사를 표현하고, 대화 상대에게 전달하고, 사건을 묘사하는 등의 작업은 그 이전과는 다른 차원에서 이루어지게 되었다.

　현대문학에서 이와 같은 언어의 문제는 주관과 객관, 내면세계와 외부세계, 외양과 실재 사이의 분열에 기인한다. 이로 인해 본래적 기능을 상실한 언어에 의존하는 문학도 무의미를 지향하는 쪽으로 전환된다.

　언어의 본질적 기능의 변화는 19세기 말에서 20세기 초반에 정치,

---

1) Martin Esslin, *The Theatre of the Absurd* (Hermondsworth Middlessex: Penguin Books Ltd., 1968), p.26.

경제, 사회, 종교 등이 변혁을 겪으면서, 인간의 가치가 하락된 현상
과 평행한다. 손탁(S. Sontag)은 외부적 변화에 따라 언어에 대한 인
식이 변화될 수밖에 없는 사실을 다음과 같이 지적하고 있다.

> 정치나 광고업계, 그리고 오락 영역에서 대중 언어의 퇴보, 특히 현대
> 대중사회에서 고학력 구성원들 사이에 언어가치하락 현상이 대두되었다.
> 언어의 위세는 하락되었고, 침묵의 위세는 부상하고 있다.

> the degeneration of public language within the realms of politics
> and advertising and entertainment, have produced, especially among
> the better- educated inhabitants of modern mass society, a devaluation
> of language……And as the prestige of language falls, that of silence
> rises.[2]

정치사회적 변화에 따라 인간은 바깥으로는 문명의 위기를 절감하
고 안으로는 삶의 비극적 인식과 함께 주체의 의식은 내면화한다. 이
와 같은 주체의 비극적 인식은 현대 작가들의 비극적 인식으로 이어
진다. 그리고 침묵이 언어를 대신하는 역설적 언어의 현상까지 나타
나게 된다. 레슬리 케인(Leslie Kane)은 현대극이 침묵을 표방하게 된
사실에 대해 다음과 같이 말하고 있다.

> 지난 80여년 동안, 형식과 내용을 통합하고 있는 몇몇 드라마 작가들
> 은 점차로 드라마 장면에 침묵을 사용했다. 언어를 벗어나 의식속으로 들
> 어가는 것……이들 작가들은 다양한 매체, 침묵이라는 비언어적 표현을
> 통해서 의사소통방식을 선택했다.

> Within the last eighty years several dramatists, merging form and

---

2) Susan Sontag, "The Aesthetics of Silence", in *A Susan Sontag Reader* (New
York: Farrar / Straus / Giroux, 1982), p.195.

content, have increasingly employed silence in the dramatic spectacle. In a conscious retreat from the word……these playwrights have chosen to communicate through the multidimensional, nonverbal expression of silence.[3]

이와 같은 특징을 갖고 있는 현대극의 흐름 속에서 작가로서 언어의 한계를 인식한 베케트도 혼돈된 세계의 모습을 묘사할 새로운 극 형식이 필요하게 되었다.

베케트는 존재를 혼돈 그 자체로 이해했다. 베케트가 이런 시각을 갖게 된 데에는 타고난 비관적 기질[4]과 세계대전으로 인한 무차별한 죽음 등의 부조리적 현상, 그리고 싸르트르나 카뮈로부터 받은 실존주의의 영향이 컸다. 그는 부조리극이라는 새로운 극 형식을 빌려 존재의 문제적 상황을 묘사하고자 했다. 베케트는 존재의 부조리는 기승전결의 전통적 형식으로는 그 표현이 불가능하다고 생각했다.

베케트가 톰 드라이버와의 대담에서 언급한 현대 예술가의 임무를 살펴보면, 베케트의 극 형식의 의의를 짐작할 수 있다.

내가 말하는 요지는 이제부터 예술에 어떤 형식도 없게 될 거라는 것을 의미하는 것은 아니다. 다만, 새로운 형식이 있게 될 것이고, 그 형식

---

3) Leslie Kane, *The Language of Silence*: *On the Unspoken and the Unspeakable in Modern Drama* (London: Associated University Press, 1984), p.13.

4) 베케트는 자신이 태어나기 전에 대한 기억을 밝힌 글에서 생명체로 존재하면서부터 존재에 대해서 고뇌와 비관적인 시각을 갖고 있다.
"I have a clear memory of my own fetal existence. It was an existence where no voice, no possible movement could free me from the agony and darkness I was subject to……"
또 같은 책에서 자신이 성장기에 몹시 외로워했다고 부언한다.
"You might say I had a happy childhood……although I had little talent for happiness. My parents did everything that could make a child happy. But I was often lonely." Ruby Cohn, *Samuel Beckett* (New York: MacGraw hill Book Co., 1967), p.vii.

은 혼돈을 수용하는 그런 유형이 될 거라는 의미이지, 혼돈이 정말로 다른 무엇이라고 말하는 것은 아니다.……혼돈을 수용할 수 있는 형식을 찾아내는 것, 바로 그 점이 오늘 날 예술가들의 임무이다.

What I'm saying does not mean that there will henceforth be no form in art. It only means that there will be new form, and that this form will be of such a type that it admits the chaos and does not try to say that the chaos is really something else……To find a form that accommodates the mess, that is the task of the artist now.[5]

그의 주장에 따르면, 혼돈을 그대로 수용하는 형식을 발견하는 것이 이 시대 예술가의 임무라는 것이다. 베케트를 중심으로 해서 생겨난 부조리극은 세계의 혼돈을 전제로 하는 것이어서 인과적인 전통극의 플롯(plot)과는 맞지 않게 되었고, 등장인물들은 개성이나 성격이 배제된 유형적 인물(Type Character)로 처리된다.

형식이 곧 내용이 되는 극의 구성을 통해[6] 베케트는 언어의 문제를 중요한 모티프로 삼았다. 베케트는 언어의 문제를 등장인물로 극화해서 보여준다고 할 수 있다.

베케트 극의 인물들은 대부분이 불구이거나 움직일 수 없는 상황에 갇혀 있는 것으로 등장한다. 육체가 무대에 고정되거나, 또 한 부분만을 떼어 강조하고, 불구인 인물이 극의 주인공으로 등장하는 상황에서는 극 행동이 제대로 이루어지지 않기 때문에 언어만이 최후의 극적 기능을 갖게 된다고 볼 수 있다. 움직임이 제한된 상황 속에서 등

---

5) Tom Driver, "Beckett by the Madeleine," in *Samuel Beckett: The Critical heritages,* ed. Lawrence Graver & Raymond Fedreman (London: Routeledge & Kegan Paul, 1979), p.219.

6) 극 형식과 내용의 밀접한 연관성으로 인해 베케트는 문학 형식으로 주제를 나타내는 모방적 형식(imitative form)의 대표자로 꼽힌다. H. Porter Abbott, *The Fiction of Samuel Beckett: Form and Effect* (California: University of California Press, 1973), p.6에서 재인용.

장인물들에게 존재를 증명해 주는 것은 언어이다. 그러므로 베케트 극에 등장하는 인물은 자신의 존재를 확인하기 위해서 끊임없이 말을 해야 한다.

위시스크(M. Wycisk)는 베케트 인물들은 언어의 의미전달보다는 말을 하고 있다는 언어행위가 중요하다는 점을 다음과 같이 밝히고 있다.

> 인물들에게 있어서 무엇을 말했느냐는 중요하지 않다. 오직 중요한 것은 무언가가 이야기 되었다는 점이다. 왜냐하면, 이 무언가의 행위가 존재하고 있다는 환상을 갖게 해 주는 전부이기 때문이다.

> For the characters themselves it makes no difference what is said: the only important thing is that something be said, for this something is all that provides the illusion of being.[7]

그러나 베케트 극에서의 언어행위는 베케트 자신이 파악하고 있는 부조리한 세계를 언어로 묘사하는 것이기 때문에 언어본래의 목적을 벗어나 세계를 수용하지도 못하고, 의사소통의 역할도 불가능한 것으로 나타난다. 따라서 베케트 극의 언어는 인간의 실존을 설명해 주지 못하는 불완전한 도구로 전락하고, 대화의 실패는 자신에게 말을 거는 독백으로 연결되다가 결국, 침묵할 수밖에 없는 상황에 처하게 된다.

베케트 극에서의 언어의 변화추이를 살펴보는 것이 이 논문의 목적이었고, 그럼으로써 베케트 작품의 주제를 파악할 수 있다는 생각에 초점을 맞추었다.

베케트의 인물들은 태어나면서부터 생을 마감하는 날까지 끊임없이 말을 해야 하는 강박관념에 시달린다. 『고도』에서도 "알 수 있는 것

---

7) M. Wycisk, *Language and Silence in the Stage Plays of Samuel Beckett and Harold Pinter* (Ann Arbor: University Microfilms International, 1972), p.2.

이라고는 아무것도 없다.(Nothing is certain.)"(p.50)라는 표현이 시사하는 것처럼 주인공은 되풀이되는 부조리한 상황 속에서 침묵을 지킬 수 없기 때문에(Since we're incapable of keeping silent.) (p.57) "무언가를 말해야 한다(say something!)" (p.57).

베케트 극은 초기극이 주로 1차적인 언어에 의존하여 이루어지던 것과는 달리, 중·후기극은 언어에서 이탈하여 조명, 음향효과, 배우의 신체, 무대공간 등의 부차적인 시청각 기법에 의존한다.

초기극에서의 언어를 살펴보면 어느 정도 문장의 형태를 갖춘 것으로 드러난다. 그러나 후기극으로 갈수록 내면의식의 반영으로 침묵(Pause, silence)이 자주 삽입되고, 대사는 토막토막 끊어지는 파편화 현상으로 의미전달이 어렵게 되어 더 이상 상식적인 언어의 형태라고는 볼 수 없게 된다. 그러나 완전한 문장형태는 아니지만 분절화된 대사를 기계적으로 이어가는 중에 인물의 고통이 표출되고, 관객은 언어로 표현된 이상의 공감을 얻게 된다. 베케트가 언어만이 주요 매체인 소설로부터 연극으로 옮기게 된 주된 동기도 바로 이와 같은 극적 효과 때문이라고 보인다.

베케트 극에서 내용이 곧 형식이라는 창작원리를 생각해 볼 때, 이와 같은 언어의 상식적인 궤도에서의 이탈은 존재의 문제적 상황을 더욱 심화시킨다. 즉, 초기극에서는 불완전한 인간상황에 대한 표현으로 등장인물을 둘씩 짝을 맺어 대화가 진행될 수 있었고, 이로 인해 존재의 의식으로부터 벗어날 수 있었다. 『고도』의 블라디미르와 에스트라곤, 포조와 럭키, 그리고 『엔드게임』의 함과 클롭, 『행복한 나날들』의 위니와 윌리가 그 대표적인 예이다. 그러나 『행복한 나날들』에서는 형식상으로 커플이 제시되기는 하지만, 극은 사실상 위니 혼자만의 언어행위로 이루어지고 있어서 이 작품을 기점으로 해서 그 이후의 작품들은 독백위주의 일인극으로 변화한다.

언어행위는 대화 상대가 필요하다. 일인극인 후기극에서는 자신의 의식을 분열시켜서 타자화시킨다. 베케트의 대표적인 3대 후기극인 『나는 아니야』와 『자장가』, 그리고 『발자국 소리』는 주인공이 분열된 자신과 대화를 하는 독백극이다. 그리고 대화의 대부분은 침묵으로 인해 이해가 어려울 정도로 분절화되어 있다. 또, 분절화된 언어는 몇 번에 걸쳐 되풀이되고 있어서 말하는 의미 자체를 무의미하게 만들어 버리는 효과를 줄 뿐만 아니라, 제한된 상황에서도 의식의 활동을 중지할 수 없어서 과거의 기억을 반추하게 만든다.

베케트의 인물이 침묵에 빠져서 언어행위를 하지 못하는 것은 존재의 부조리적 본질을 수용할 수밖에 없다는 결론에 도달했기 때문이다. 앞서 인용한 위시스크 글에서 언급된 것처럼 언어의 유희만으로 유지되는 삶은 허상(the illusion of being)일 뿐이다. 그러므로 침묵은 부조리적 상황에서 인간에게 남아 있는 장엄한 권리로 부각된다. 인간이 존재의 본질에 대한 인식으로 인해 침묵에 빠지는 것을 지적한 제임스 콜브(James Kolb)는 베케트의 작품세계는 물론, 인간과 언어의 불가분의 관계에 대해 다음과 같이 말한다.

침묵은 분명 일종의 무(nothingness)이고 허(void)이다. … 이러한 공허나 허무와 직면한다는 것은 고통스런 경험이고, 베케트 극에서 점점 더 침묵으로 향함으로 인해 자연스럽게 이와 같은 신랄한 결말로 가는 것 같다. 침묵은 극 도처의 대화들을 끊임없이 잠식해 들어가는 일종의 암과 같아서, 「숨소리 (Breath)」와 같은 최근 작품에서는 마침내 그 역할마저 완전히 끝난 것처럼 여겨졌다. 이와 같은 극도로 짧은 극에서는 아무런 대화도 없다.

Silence is certainly a kind of nothingness and void……Confrontation with the void or nothingness is a painful experience, and more and more directions for silence in the plays of Beckett seems to conspire to this corrosive end. Silence seems a kind of cancer, incessantly eating away at the dialogue all around it until in a recent work like *Breath*, its jobs seemed to have been completed. No dialogue exists in this extremely short play.[8]

암세포처럼 일상의 말을 잠식해 들어가는 침묵으로 일관된 베케트의 후기극에서는 비언어적인 직관적 매체가 중요한 언어 역할을 대신한다. 예를 들어, 『크랩의 마지막 테이프』에서는 소품에 불과한 테이프가 극의 주체가 되고, 『연극』에서는 부차적 요소인 조명(spotlight)이 극의 흐름을 주관하는 제4의 인물로 등장한다. 『행복한 나날들』에서의 벨소리, 그리고 『발자국 소리』에서의 챠임벨과 주인공 메이의 발자국 소리는 언어가 설명해 내지 못하는 것을 직관적인 매체로 대신하는 역할을 하고 있다.

극 무대에서 언어가 1차적인 매체라면, 베케트는 2차적인 표현매체를 활용함으로써 언어가 주는 한계를 극복할 수 있었다. 표현할 수 없는 것을 시청각매체로 대체시켜서 언어이상의 효과를 창출해 내는 것, 이 점이 바로 극작가 베케트의 성과이다.[9]

결국 베케트 극에 등장하는 인물들은 태어나면서부터 말을 해야 하는 고통에서 놓여나고 싶어 하면서도, 침묵에 빠지게 되면 존재의 부조리적 본질과 대면해야 되는 상황에 빠지는 모순을 겪게 된다. 제임스 놀슨(James Knowlson)도 베케트의 인물들이 "침묵을 열망하지만 두려워하는"[10] 모순된 상황에 있다고 지적하고 있다.

---

8) James J. Kolb, *Language, Sounds and Silences in the Modern Theatre* (Ann Arbor: Xerox University Microfilms, 1975), p.313.

9) 죤 스퍼링(John Spurling)은 베케트가 연극무대를 만난 것은 현대 연극사에서 중요한 전기가 되었다고 평가한다. (Samuel Beckett was waiting for the theatre as the theatre was waiting for Samuel Beckett.) Beryl S. Fletcher, John Fletcher, Barry Smith and Walter Bachem, *A Student's Guide to the Plays of Samuel Beckett* (London: Faber & Faber, 1978), p.22에서 재인용.

10) James Knowlson, *Light and Darkness in the Theatre of Samuel Beckett.* (London: Turret Books, 1972), p.33.

　이상, 현대문학의 흐름 속에서 베케트가 언어의 한계를 절감하고 이를 혁신적인 극 형식으로 전환해서 주제를 효과적으로 표출한 과정을 살펴보았다. 베케트는 인간의 본질추구라는 일관된 주제를 극화하는 데 있어서 한계에 봉착한 언어에 절대적으로 의존하지 않았다. 베케트로 하여금 아무것도 아니다(nothingness)라는 존재의 본질을 본래의 모습 그대로 드러낼 수 있게 한 것은 종합예술인 연극무대를 통해서였고, 따라서 베케트가 여러 장르를 두루 섭렵했음에도 불구하고 오늘날 극작가로서 알려져 있는 것이다.

　베케트가 부조리적 상황을 그대로 노출시킨 의도는 존재의 절망을 가중시키려는 의도에서라기보다는 존재의 현실을 있는 그대로 보여주려는 데서 비롯한다. 즉, 베케트가 존재의 혼돈을 파격적으로 무대에 드러낸 의도는 환상에서 벗어나 혼돈을 보라("to open our eyes and to see the mess.")11)는 뜻으로 해석된다. 부조리한 존재의 현실이 무의미해도, 그것을 왜곡하지 않는 데서 우리의 삶은 출발해야 하기 때문이다.

---

11) Tom Driver, "Beckett by the Madeleine", in *Samuel Beckett*: *The Critical Heritage,* ed., Lawrence Graver & Raymond Federman (London: Routledge & Kegan Paul, 1979), p.219.

Bibliography

I. Primary

Beckett, Samuel. *Disjecta*: *Miscellaneous Writings and a Dramatic Fragment*, ed. Ruby Cohn. New York: Grove Press, 1984.

Beckett, Samuel. *Endgame*. New York: Grove Press, 1958.

Beckett, Samuel. Ends and Odds: Nine Dramatic Pieces: *Not I, That Time, Footfalls, Ghost Trio, Theatre I, Theatre II, Radio I, Radio II*. New York: Grove Press, 1974, 1975, 1976.

Beckett, Samuel. *Happy Days*. New York: Grove Press, 1961. Rpt., London: Faber & Faber, 1978.

Beckett, Samuel. *Krapp's Last Tape* and Other Dramatic Pieces: *Krapp's Last Tape, All That Falls, Embers, Act Without Words I, Act Without Words II*. New York: Grove Press, 1957, 1959, 1960.

Beckett, Samuel. *Proust*. New York: Grove Press, 1931, 1957.

Beckett, Samuel. *Rockaby and Other Short Pieces*: *Rockaby, Ohio Impromptu, All Strange Away, A Piece of Monologue*. New York: Grove Press, 1981, 1976, 1979.

Beckett, Samuel. *The Complete Dramatic Works of Samuel Beckett*. London: Faber & Faber, 1986.

Beckett, Samuel. *Waiting for Godot*. New York: Grove Press, 1954. Rpt., London: Faber & Faber, 1979.

II. Secondary

Abbot, H. Porter. *The Fiction of Samuel Beckett*: *Form and Effect*. California: Univ. of California Press, 1973.

Alvarez, A. *Samuel Beckett*. New York: The Viking Press, 1973.

Amiran, Eyal. *Wandering and Home*. Pennsylvania: The Pennsylvania State University Press, 1993.

Bair, Deidre. *Samuel Beckett*: *A Biography*. New York: A Harvest / HBJ Book 1978, Summit Books, 1990.

Beja, Morris, S. E. Gontarski and Pierre Asties, eds. *Samuel Beckett*: *Humanistic Perspectives*. Columbus: Ohio State University Press, 1983.

Ben-Zvi, Linda. *Samuel Beckett*. Boston: Twayne, 1986.

Ben-Zvi, Linda. "Samuel Beckett, Friz Mauthner, and the Limits of Language." *PMLA* 95(1980): 183-200.

Bentley, Eric. *The Life of the Drama*. New York: Atheneum, 1975.

Brater, Enoch. ed. *Beckett at 80*: *Beckett in Context*. New York & Oxford: Oxford University Press, 1986.

Brater, Enoch. *Beyond Minimalism*: *Beckett's Late Style in the Theatre*. Oxford: Oxford University Press, 1987.

Brater, Enoch. *The Drama in the Text*: *Beckett's Late Fiction*. Oxford: Oxford University Press, 1994.

Breuer, Rolf. "The Solution as Problem: Beckett's *Waiting for Godot*". *Modern Drama* 19(1976): 225-36.

Busi, Frederick. *The Transformations of Godot*. Lexington: The University of Kentucky Press, 1980.

Butler, Lance St. John. *Samuel Beckett and the Meaning of Being*. London: Macmillan Press, 1984.

Calder, John, ed. *As No Other Dare Fail*. New York: Riverrun Press, 1986.

Calderwood, James L. "Ways of Waiting in *Waiting for Godot*." *Modern Drama* 29(1986): 363-75.

Camus, Albert. *The Myth of Sisyphus*. Tr. Justin O'Brien. New York: Vintage

Books Ltd., 1955.

Coe, Richard N. *Samuel Beckett*. Edinburgh: Oliver and Boyd, 1964.

Cohn, Ruby. *Samuel Beckett: The Comic Gamut*. New Brunswick: Rutgers University Press, 1962.

Cohn, Ruby. *Currents in Contemporary Drama*. Bloomington: Indiana University Press, 1969.

Cohn, Ruby. *Dialogue in American Drama*. Bloomington: Indiana University Press, 1971.

Cohn, Ruby. *Back to Beckett*. Princeton: Princeton University Press, 1973.

Cohn, Ruby. ed. *Samuel Beckett: A Collection of Criticism*. New York: McGraw-Hill, 1975.

Cohn, Ruby. *Just Play: Beckett's Theatre*. Princeton: Princeton University Press, 1980.

Cohn, Ruby. *Samuel Beckett: Waiting for Godot*. London: Macmillan, 1987.

Cohn, Ruby. *From Desire To Godot: Pocket Theatre of Postwar Paris*. Berkeley and Los Angeles: University of California Press, 1987.

Collins, P. H. "Proust, Time and Beckett's *Happy Days*." *Modern Drama 6* (1963): 105-19.

Connor, Steven. *Samuel Beckett: Repetition, Theory and Text*. Oxford: Blackwell, 1988.

Corrigan, Robert W. *Tragedy: Vision and Form*. New York: Harper & Row, 1981.

Davis, Paul. *The Ideal Real: Beckett's Fiction and Imagination*. Mississauga, Ontario: Associated University Press, 1994.

Dobrez, L. A. C. *The Existential and Its Exits*. London: Athlone, 1986.

Easthope, Anthony. "Hamm, Clov, and Dramatic Method in *Endgame*." *Modern Drama 10* (1967): 423-33.

Edie, J. M. *New Essays in Phenomenology*. Chicago: Quadrangle, 1969.

Esslin, Martin, ed. *Samuel Beckett: A Collection of Critical Essays*. Englewood Cliffs: Prentice-Hall, 1965.

Esslin, Martin. *The Theatre of the Absurd*. New York: Doubleday & Company, Inc., 1961. Harmondsworth: Penguin Books Ltd., 1968, 1977.

Esslin, Martin. *Mediations*: *Essays on Brecht, Beckett, and the Media.* Baton Rouge: Louisiana University Press, 1980.

Fehsenfeld, Martha. "Beckett's Late Works: An Appraisal." *Modern Drama 25* (1982): 355-62.

Fischer-Seidel, Therese. "The Ineluctable Modality of the Visible: Perception and Genre in Samuel Beckett's Later Drama." *Contemporary Literature.* 35: 1(1994).

Fletcher, John & John Spurling. *Beckett The Playwright.* London: Methuen, 1972.

Fletcher, B. B. Smith & B. Bachem. *A Student's Guide to the Plays of Samuel Beckett.* London: Faber & Faber, 1978.

Friedman, Melvin J, ed. *Samuel Beckett Now.* Chicago: The University of Chicago Press, 1975.

Gidal, Peter. *Understanding Beckett*: *A Study of Monologue and Gesture in the Works of Samuel Beckett.* New York: St. Martin Press, 1986.

Gontarski, S. E. *The Intent of Undoing in Samuel Beckett's Dramatic Texts.* Bloomington: Indiana University Press, 1985.

Gontarski, S. E. *On Beckett*: *Essays and Criticism.* New York: Grove Press, 1986.

Graver, Lawrence & Raymond Federman, eds. *Samuel Beckett*: *The Critical Heritage.* London: Routledge & Kegan Paul, 1979.

Harrington, John P. *The Irish Beckett.* Syracuse, New York: Syracuse University Press, 1991.

Harvey, Lawrence E. *Samuel Beckett*: *Poet and Critic.* Princeton: Princeton University Press, 1970.

Hassan, Ihab. *The Literature of Silence*: *Henry Miller & Samuel Beckett.* New York: Alfred A. Knopf Inc., 1967.

Hassan, Ihab. *The Dismemberment of Orpheus*: *Toward a Postmodern Literature.* Madison: The University of Wisconsin Press, 1982.

Hassan, Ihab. *Theatre and Anti-Theatre*: *New Movement Since Beckett.* New York: Oxford University Press, 1979.

Hayman, Ronald. *Samuel Beckett.* New York: Frederick Ungar Publishing Co., 1973.

Henning, Sylvie Dobevec. *Beckett's Critical Complicity: Carnival, Contestation, and Tradition.* The University Press of Kentucky, 1988.

Hesla, David H. *The Shape of Chaos: An Interpretation of the Art of Samuel Beckett.* Minneapolis: The University of Minnesota Press, 1971.

Hoffman, Frederick J. *Samuel Beckett: The Language of Self.* Carbondale: Southern Illinois University Press, 1962.

Homan, Sidney. *Beckett's Theaters: Interpretations for Performance.* Cranbury, New York: Associated University Press, 1984.

Kane, Leslie. *The Language of Self: On the Unspoken and the Unspeakable in Modern Drama.* Cranbury: Associated University Press, 1984.

Kelly, Katherine. "The Orphic Mouth in *Not I* ". *Journal of Beckett Studies.* No.6, Autumm, 1980.

Kenner, Hugh. *Samuel Beckett: A Critical Study.* New York: Grove Press, 1961.

Kenner, Hugh. *A Reader's Guide to Samuel Beckett.* New York: Farrar, Strauss & Giroux, 1973.

Kern, Edith. "Beckett and the Spirit of the Commedia' dell'Arte." *Modern Drama* 9 (1966): 260-67.

Kern, Edith. *Existential Thought and Fictional Technique: Kierkegaard, Sartre, Beckett.* New Haven and London: Yale University Press, 1970.

Knowlson, James. *Light and Darkness in the Theatre of Samuel Beckett.* London: Turret Books, 1972.

Knowlson, James. "Afterward." *Happy Days: A Bilingual Edition.* Faber & Faber, 1978.

Knowlson, James. & John Pilling. *Frescoes of the Skill: The Later Prose and Drama of Samuel Beckett.* London: John Calder, 1979.

Knowlson, James. & John Pilling. "Beckett as Director: The Manuscript Production Notebooks and Critical Interpretation." *Modern Drama 30* (1987): 451-65.

Kolb, James J. *Language, Sounds and Silence in the Modern Theatre.* Ann Arbor: Xerox University. Microfilms, 1975.

Lawley, Paul. "Counterpoint, Absence, and the Medium in Beckett's *Not I.*" *Modern Drama* 26 (1983): 407-14.

Lyons, Charles R. *Samuel Beckett.* New York: Grove Press, 1983.

Mayoux, Jean Jacques. "Beckett and Expressionism." *Modern Drama* 9 (1966): 238-41.

Mayoux, Jean Jacques. *Writers and Their Works*: *Samuel Beckett.* Longman House, Burnt Mill, Harlow, Essex, 1974.

McCarthy, Patrick A. *Critical Essays on Samuel Beckett.* Massachusetts: G. K. Ha ll & Co., 1986.

Mercier, Vivian. *Beckett / Beckett.* New York: Oxford University Press, 1977.

Merivale, P. "*Endgame* and the Dialogue of King and Fool in the Mona- rchical Metadrama." *Modern Drama* 11(1978): 121-36.

Murphy, P. J. *Reconstructuring Beckett*: *Language for Being in Samuel Beckett's Fiction.* Toronto: University of Toronto Press, 1990.

Nightingale, Benedict. *50 Modern British Plays.* New York: Barnes & Noble, 1982.

Pilling, John. *Samuel Beckett.* London: Routledge & Kegan Paul, 1976.

Pountney, Rosemary. "Samuel Beckett's Interests in Form: Structural Patterning in Play." *Modern Drama* 19(1976): 237-44.

Pronko, Leonard C. *Avant-Garde*: *The Experimental Theatre in France.* Berkeley: The University of California Press, 1966.

Reid, Alec. *All I Can Manage, More Than I Could*: *An Approach to the Plays of Samuel Beckett.* Dublin: Dolmen, 1968.

Ricks, Christopher. *Beckett's Dying Words.* Oxford: Clarendon Press, 1990.

Rivers, J. E. *Proust & the Art of Love*: *The Aesthetics of Sexuality in the Life, Times, & Art of Marcel Proust.* New York: Columbia University Press, 1980.

Robinson, Michael. *The Long Sonata of the Dead.* New York: Grove Press, 1969.

Scott, Nathan A. *Samuel Beckett.* London: Bowes and Bowes Publishers Ltd., 1965.

Sherzer, Dina. "Beckett's *Endgame,* or What Talk Can Do." *Modern Drama*

5(1979): 291-303.

Simon, Alfred. *Samuel Beckett.* Paris: Pierre Belfond, 1983.

Simone, R. Thomas. "Faint, though by no means invisible: A commentary on Beckett's *Footfalls.*" *Modern Drama* 26(1983): 435-46.

Sontag, Susan. *A Susan Sontag Reader.* New York: Farrar / Straus / Giroux, 1982.

Stein, Karen. "Metaphysical Silence in Absurd Drama." *Modern Drama* 13(1971): 423-31.

Steiner, George. *Language and Silence.* New York: Penguin Books, 1979.

Tindall, William York. *Samuel Beckett.* New York: Columbia University Press, 1964.

Topsfield, Valerie. *The Humour of Samuel Beckett.* New York: St. Martin Press, 1988.

Webb, Eugene. *The Plays of Samuel Beckett.* Washington: University of Washington Press, 1972.

Williams, Raymond. *Drama from Ibsen to Brecht.* New York: Penguin Books, 1978.

Worton, Michael J. *Mechanism in the Theatre of Samuel Beckett.* Chung Ang University, English Language and Literature. Vol.33. No.1, 1987.

Worth, Katharine. *Beckett: The Shape Changer.* London: Routledge & Kegan Paul, 1975.

Wycisk, Max M. *Language and Silence in the Stage Plays of Samuel Beckett and Harold Pinter.* Ann Arbor: University Microfilms International, 1972.

Zeifman, Hersh. "Being and Non-Being: Samuel Beckett's *Not I.*" *Modern Drama* 19(1976): 35-46.

Zillacus, Clas. *Beckett and Broadcasting.* Finland: Acta Academiae Aboensis, Ser. A. Humanoria, 51, 1976.

미셸 푸크레. <베케트 연극론: 말과 제스처> 박형섭 옮김. 동문선, 1995.

스티얀. <근대극의 이론과 실제> 원재길 옮김. 탑출판사, 1995.

신현숙. <희곡의 구조> 문학과 지성사, 1990.

예영수. <영미희곡 사상사> 형설출판사, 1989.

· 저자 ·

김혜란　　·약 력·

상명대학교 영어교육과 및 동 대학원 졸업
경희대학교 대학원 영문학 박사
한라대학교 교양학부 강의전담교수 역임
강원대, 경희대, 광운대, 신구대, 상명대 출강

사무엘 베케트 극 연구

· 초판 인쇄	2007년 5월 31일
· 초판 발행	2007년 5월 31일
· 지 은 이	김혜란
· 펴 낸 이	채종준
· 펴 낸 곳	한국학술정보㈜
	경기도 파주시 교하읍 문발리 526-2
	파주출판문화정보산업단지
	전화 031) 908-3181(대표) · 팩스 031) 908-3189
	홈페이지 http://www.kstudy.com
	e-mail(출판사업부) publish@kstudy.com
· 등 록	제일산-115호(2000. 6. 19)
· 가 격	19,000원

ISBN　　978-89-534-6795-8　93840　(Paper Book)
　　　　978-89-534-6796-5　98840　(e-Book)